LA PROPRIETÀ

PIERRE JOSEPH PROUDHON

Texte et illustration de couverture : © domaine public
Edition : Culturea (Hérault, 34)
Contact : infos@culturea.fr
Retrouvez notre catalogue sur http://culturea.fr
Imprimé en Allemagne par Books on Demand
Design typographique : Derek Murphy
Layout : Reedsy (https://reedsy.com/)

Dépôt légal : janvier 2023
Tous droits réservés pour tous pays

ISBN : 9791041842575

Capitolo I

ASSOLUTISMO DELLA PROPRIETÀ

1. Critica dei concetti del Laboulaye sulla proprietà – 2. L'assolutismo della proprietà ne costituisce la condanna – 3. Contraddizione implicita nella definizione romana e in quella francese del diritto di proprietà.

1. – Il riconoscimento, o l'istituzione, della proprietà è l'atto più strano, se non il più misterioso, della ragione collettiva, atto tanto più strano e misterioso in quanto, per il suo principio, la proprietà ripugna alla collettività e alla ragione. Nulla di più semplice e di più chiaro che il fatto materiale dell'appropriazione: un angolo di terra non è occupato; un uomo arriva e vi si stabilisce, esattamente come fa l'aquila nel suo rifugio, la volpe in una tana, l'uccello sul ramo, la farfalla sul fiore, l'ape nel cavo dell'albero o della roccia. Fin qui non si tratta, ripeto, che di un mero fatto, motivato dal bisogno, compiuto per istinto, e in seguito affermato dall'egoismo e difeso dalla forza. Ecco l'origine di ogni proprietà; vengono dopo la Società, la Legge, la Ragione generale, il Consenso universale, tutte le autorità del Cielo e della Terra, che riconoscono e consacrano questa usucapione, dite pure – chè lo potete senza timore – questa usurpazione. Perchè? A questo punto la scienza del diritto si confonde e abbassa la testa, pregando di essere così buoni da non interpellarla.

«La detenzione del suolo è un fatto che solo la forza fa rispettare, fino al momento in cui la società si assumerà e consacrerà la causa del detentore; allora, imperando questa garanzia sociale, il fatto diventa un diritto; questo diritto è la proprietà. Il diritto di proprietà è una creazione sociale; le leggi non solo proteggono la proprietà, ma sono esse stesse che la fanno nascere, che la determinano, che le attribuiscono l'importanza e l'estensione che essa occupa nei diritti del cittadino». (E. LABOULAYE. Storia del diritto di proprietà, opera premiata dall'Accademia delle Iscrizioni e delle Belle Lettere, il 10 agosto 1938).

Qui occorre osservare che la consacrazione del fatto non è ancora la proprietà, poichè la detenzione del suolo può non avere lo stesso carattere presso l'affittuario, il feudatario, il possessore slavo, l'enfiteuta o il proprietario. Ora se il possesso si comprende a meraviglia, come fatto e come diritto, altrettanto non accade per la proprietà, le cui ragioni d'essere non sono conosciute nè dal Signor Laboulaye nè da altri.

Perciò non domandategli per quale motivo l'assenso del legislatore – o della società di cui il legislatore è mandatario – ha potuto trasformare il fatto in diritto; il signor Laboulaye non ne sa nulla e ve lo dichiara recisamente. Posto il fatto e presupposto il diritto, tutto in dieci righe, egli inizia difilato la sua Storia del diritto della proprietà, d'altronde molto interessante; ne racconta le vicissitudini, le contraddizioni, le malversazioni, gli abusi, le violenze, le iniquità, le corruzioni, le degradazioni. Della ragione di tutto ciò egli non sa nulla e nemmeno se ne occupa. Prudente giurista, si racchiude in un significativo silenzio: «L'appropriazione del suolo è uno di quei fatti risalenti al tempo della società primitiva, che la scienza è obbligata ad ammettere come punto di partenza, ma che essa non può discutere, senza correre il pericolo di mettere in questione anche la società».

Formidabile filosofo! Non vuole che si discuta nè il fatto nè la legge, e osa chiamare creazione sociale un puro arbitrio, in cui abbondano abusi, contraddizioni, violenze, salvo a rigettare la responsabilità dei disastri, ora sul presunto consenso dei popoli, ora sui decreti della Provvidenza, ora finalmente

4

sul corso irresistibile delle rivoluzioni e sulla forza delle cose! Silenzio su ciò che non capiscono e che sembra loro pericoloso approfondire: ecco, in generale, la divisa dei signori premiati dall'Istituto.

Per quanto riguarda te, lettore, cui questa ipocrisia accademica non potrebbe piacere, te, proprietario, che senza dubbio desideri per la società e per te stesso garanzie un po' più serie che non siano frasi eleganti e forza di baionette, tu vuoi che si discuta. dovesse anche essere messa in questione la società stessa, dovessi anche restituire alla collettività ciò che un capriccio del legislatore ti avrebbe assegnato a torto. Ascolta dunque; ascolta senza timore e sta persuaso fin d'ora che la Verità e la Giustizia premieranno la tua buona volontà.

Il Diritto è diritto: la legge è incerta e qualche volta oscura, misteriosa; e non è affare da nulla dimostrare che essa è giusta o ingiusta, malgrado l'apparenza. La scienza del diritto non è altro che la filosofia del diritto. Non basta essere divenuti padroni dell'erudizione dei testi e comprendere la terminologia delle scuole per essere giuristi; non lo si è nemmeno per avere appreso l'origine e lo sviluppo degli usi, dei costumi e dei sistemi di leggi, le loro analogie, le loro relazioni reciproche, e i testi. Si è giuristi quando si conosce a fondo la ragione delle leggi, il loro valore e il loro fine, quando si conosce il pensiero superiore, organico. politico che governa il tutto; quando si può dimostrare che una legge è difettosa, insufficiente, incompleta. E per questo non c'è affatto bisogno di essere premiato dall'Accademia.

Ogni uomo che ragiona sulla legge è giureconsulto, come è teologo quello che ragiona sulla sua fede, è filosofo chi ragiona sui fenomeni della natura e dello spirito. Si è più o meno filosofo, teologo giurista secondo che si apporti maggiore o minore perseveranza, larghezza e profondità nella ricerca delle cause, delle ragioni e dei fini. Il signor Laboulaye ha molto torto di rimproverare ai signori Michelet e Guizot di non essere giuristi; essi lo sono come e più di lui.

2. – La proprietà per la sua natura psicologica, per la costituzione legale e, aggiungo subito, per destinazione sociale, è assoluta; essa non può non essere tale. Ora, prima di entrare nell'esame delle cause, dobbiamo constatare religiosamente una cosa: questa assolutezza costituisce contro la proprietà una condanna già emanata – mi si perdoni l'espressione – che fino adesso si è manifestata inoppugnabile.

L'assoluto è un concetto dello spirito indispensabile per i procedimenti della ragione e per la chiarezza delle idee: è una ipotesi necessaria per la ragione speculativa, ma è respinto dalla ragione pratica come una chimera pericolosa, un'assurdità logica, una immoralità.

Prima di tutto ce lo afferma la religione: la sovranità, la proprietà, la santità, la gloria, la potenza, in una parola l'assoluto non appartengono che a Dio; l'uomo che vi aspira è empio e sacrilego. Il Salmista lo dice anche a proposito della proprietà: «La terra è del Signore con tutto ciò che contiene: Domini est terra et plenitudo eius». È un monito pei capitribù e pei proprietari ad essere benefattori e non avari verso il popolo. Come se avesse detto: il vero proprietario della terra di Canaan è Jehova; voi non siete che suoi piccoli fittavoli. Questa idea si ritrova nelle origini di tutti i popoli; il signor Laboulaye è in errore quando asserisce che la proprietà è un fatto che rimonta alla società primitiva.

Alla società primitiva rimontano invece l'occupazione momentanea e il possesso in comune; la proprietà non viene che più tardi con il progresso della libertà e la lenta elaborazione delle leggi.

L'assoluto non è meno inammissibile in politica. Questa piena autocrazia piace al teologo perchè è una imagine del governo di Dio e il popolo la concepisce e l'accetta con tanta facilità perchè l'assolutismo è nella sua essenza religioso e di diritto divino. Ma oggi è giustamente respinto da tutti e contraddetto dalla teoria della separazione e dell'equilibrio dei poteri.

L'economia politica è nella stessa posizione della politica; come la teoria del governo si propone di fare uscire lo Stato dal regime dell'assoluto, così la scienza economica, con la sua teoria dei valori, del credito, dello scambio, dell'imposta, della divisione del lavoro, ha anche per oggetto di fare uscire dall'assoluto le operazioni dell'industria, dello scambio, i fatti della circolazione, della produzione, della distribuzione. Si può immaginare qualcosa di più opposto all'assoluto, per esempio, della statistica, della contabilità commerciale, della legge della popolazione, e dell'opposizione fra domanda ed offerta?

C'è poi bisogno di dire che la filosofia, o ricerca della ragione delle cose, è la guerra della ragione contro l'assoluto? E la scienza, infine, il cui nome di battesimo è analisi, la scienza è l'esclusione di ogni assoluto, poichè essa procede costantemente con la scomposizione, definizione, classificazione, coordinazione, armonia, enumerazione ecc., e dove la scomposizione diventa impossibile, la distinzione si arresta, la definizione è oscura, contraddittoria, impossibile; dove, insomma, ricomincia l'assoluto, lì finisce la scienza.

La metafisica, che ci dà la nozione dell'assoluto, unisce la sua affermazione alle altre scienze, quando si tratta di introdurre l'assoluto nella pratica, di realizzarlo. L'io ha un bel fare: esso non può appropriarsi del non io, assimilarselo e fonderlo nella sua propria sostanza; essi sono profondamente separati; provate a confonderli o a sopprimerne uno: si distruggono ambedue e non vedrete più nulla.

In che modo, dunque, l'assolutezza della proprietà potrebbe giustificarsi e diventare legge? Senza dubbio l'io, per avere coscienza di sè ha bisogno di un non io; senza dubbio come abbiamo detto in principio, il cittadino ha bisogno di una realtà che lo fondi e lo determini, a pena di svanire lui stesso come una finzione. Ma ciò costituisce forse una prova che il non io appartiene all'io, che lo produce in sè? Che la terra possa essere concessa al cittadino in proprietà e dominio assoluto? Non è sufficiente che esso ottenga il possesso, l'usufrutto, l'affitto, a condizione di effettuare una buona amministrazione e di risponderne? Così fu intesa la proprietà alle origini, presso i Germani e gli Slavi, e così praticano ancora gli Arabi.

3. – Ciò che aggrava la condanna già emessa contro l'assolutismo della proprietà è il fatto che il legislatore la condivide.

La proprietà è così definita nel diritto romano: Dominium est jus utendi et abutendi re sua, quatenus juris ratio patitur; il dominio è il diritto di usare e di abusare della cosa propria, in quanto lo permette la ragione del diritto. La definizione francese si rifà a quella romana: «La proprietà è il diritto di godere e disporre delle cose nella maniera più assoluta, purchè non se ne faccia un uso proibito dalle leggi e dai regolamenti» (Codice Civile [francese] art. 544). Il latino è più energico e forse più profondo del francese. Ma si osservi una cosa, una cosa veramente sorprendente che i giuristi non hanno mai notato: ambedue le definizioni sono contraddittorie, in quanto ciascuna consacra un doppio assolutismo, quello del proprietario e quello dello Stato, due assolutismi manifestamente incompatibili. Orbene: bisogna che sia così, e proprio in ciò consiste la saggezza del legislatore, della quale ben pochi giuristi si son finora sicuramente resi conto.

Ho cominciato dicendo che la proprietà è assoluta per sua natura, e assolutista in tutte le sue tendenze; cioè che nulla deve impedire, limitare, restringere, sottoporre a condizioni l'azione e l'uso del proprietario: altrimenti non c'è più proprietà. Tutti se ne rendono conto. E appunto ciò viene affermato in latino con le parole: jus utendi atque abutendi. Come mai, allora, se la proprietà è assoluta, il legislatore può esprimere riserve in nome del fine del diritto, che evidentemente non è altro che la ragion di Stato, organo e interprete del diritto? Chi può dire fin dove arrivino queste riserve? Dove si arresterà, di fronte alla proprietà, la ragione del diritto, la ragione di Stato? Quali biasimi e quali critiche non si possono fare contro la proprietà? Quante conclusioni che riducano a nulla il suo assolutismo non si possono stabilire? Il Codice francese è più riservato nell'esprimere le sue restrizioni; esso dice: «purchè non si faccia della proprietà un uso proibito dalle leggi e dai regolamenti». Ma si possono fare all'infinito leggi e regolamenti, che, perfettamente giustificati dall'abuso della proprietà, legheranno le mani al proprietario e annulleranno la sua sovranità egoista, scandalosa, colpevole.

Queste considerazioni a priori contro ogni pretesa dell'umanità all'assolutismo sono l'ostacolo sul quale si sono fiaccati tutti coloro che si sono accinti a risolvere il problema dell'origine e del fondamento della proprietà. Esse hanno fornito agli avversari dell'istituzione argomenti formidabili ai quali non è stato risposto che con la persecuzione, o, come ha fatto il signor Laboulaye, con il silenzio.

E tuttavia la proprietà è un fatto universale se non in atto, almeno in tendenza; un fatto invincibile e irrefrenabile al quale prima o dopo il legislatore dovrà dare la sua sanzione; essa rinasce dalle sue ceneri, come l'araba fenice, quando viene distrutta dalle rivoluzioni, e il mondo l'ha vista porsi in ogni tempo come antitesi delle caste chiuse, garanzia della libertà e, quasi si direbbe, incarnazione della Giustizia.

Questo è il mistero di cui daremo finalmente la spiegazione.

Capitolo II

LE FORME DI DETENZIONE DELLA TERRA

1. Le tre forme di possesso della terra: in comunità, in feudalità, in proprietà. – 2. Il possesso in comunità e la libertà d'azione individuale – 3. Le prime divisioni di possesso delle comunità familiari – 4. Origine divina attribuita al primitivo diritto sulla terra – 5. Obblighi fondamentali del detentore della terra – 6. – Importanza del possesso nella storia.

1. – La terra può essere posseduta in tre diverse maniere: in comunità, in feudalità, in proprietà. Queste forme, con le loro combinazioni, dànno luogo a una grande varietà di applicazioni; noi ci limiteremo a delineare i caratteri generali.

La comunità, in sè, non ha nulla d'ingiusto. Il suo fondamento è anche quello della famiglia, la fraternità. Ed è lo spirito del patriarcato, della tribù, del clan, di tutti quei raggruppamenti così semplici, nati dal suolo che coltivano, e di cui i più grandi Stati non sono che gli sviluppi. La primitiva chiesa cristiana fece della comunità quasi un domma, adeguandosi alle idee di Platone e di Pitagora, prese da Licurgo e Minosse e allora in favore. Ma tuttavia ben presto il mondo laico le sfuggì, il regime di comunità oggi esiste solo nei conventi e presso i Moravi. In Francia, non molto tempo fa, la comunità era abbastanza frequente in certe province, come forma di impresa agricola; il Codice Civile l'ha consacrata sotto il nome di società universale di beni e guadagni, e ne ha delineate le regole. Sulla base di questa società Cabet tentò nel Texas di realizzare la sua utopia di Icaria. Presentemente essa è molto rara; non so nemmeno se si possa citarne un solo esempio.

Il possesso e lo sfruttamento senza divisione del suolo, razionale, giusto, fecondo, perfino necessario finchè la società esercente non eccede i limiti di una prossima parentela – padre e madre, nonno e nonna, figli, generi, nuore, domestici, zii e zie – è altrettanto solido quanto la famiglia stessa. Mentre costituisce per ciascun membro della famiglia una comunità, nei riguardi degli estranei può essere, e quasi sempre è, una proprietà o un feudo. Questo doppio carattere, unito all'esercizio familiare, dà all'istituzione della comunità il massimo della moralità e della solidità. Effetto dei contrari, che piace al genio sociale di mettere assieme, mentre la ragione individuale non sa, per lo più, che metterli in discordia! Ma da quando le famiglie si moltiplicano nel seno della comunità originaria, la divergenza s'introduce, lo zelo comunitario e il lavoro, per conseguenza, si affievoliscono; la società universale di beni e guadagni si trasforma in una mera società di commercio, in una società di mutua assicurazione, o di beneficenza, di semplice partecipazione; cioè la comunità svanisce.

Questo fenomeno di inevitabile degenerazione, che è stato osservato in ogni epoca ed in ogni paese in cui si è istituita la comunità, ci mette sulle tracce degli inconvenienti, degli abusi e dei vizi propri a questo regime.

L'uomo in virtù della sua personalità tende all'indipendenza; è questa in se stessa, una inclinazione maligna, che occorre combattere, una perversione della libertà, un eccesso dell'egoismo che mette in pericolo l'ordine sociale e che il legislatore debba reprimere ad ogni costo? Molti l'hanno pensato, e non si può dubitare che non sia questa, in fondo, la vera dottrina cristiana. Lo spirito di subordinazione, di ubbidienza e di umiltà può essere definito virtù teologale, non meno della carità e della fede. In questo sistema che, sotto l'una o l'altra forma, è sempre quello che riscuote maggiori adesioni, l'autorità s'impone come legge. Il suo ideale è il potere pubblico, l'individuo è zero; nella comunità esso non può possedere nulla per sè; tutto è per tutti, niente per uno solo. Il soggetto appartiene allo Stato, alla comunità, prima di appartenere alla famiglia, prima di appartenere a se stesso. Questo è il principio, o meglio il domma.

Ora si noti che siccome l'uomo è supposto refrattario all'obbedienza, come effettivamente è, risulta che il potere, la comunità che lo assorbe, non sussiste affatto per sè; essa, per farsi accettare, ha bisogno di ragioni e motivi che agiscano sulla volontà del soggetto e che lo spingano. Per esempio nei fanciulli sarà l'amore dei genitori, la confidenza, la docilità e l'inesperienza della giovinezza, il sentimento della famiglia; più tardi nell'adulto, sarà il motivo religioso, la speranza di ricompense o la paura dei castighi.

Ma la deferenza filiale s'indebolisce con l'età. Il giorno in cui il giovane pensa di formare a sua volta una nuova famiglia questa deferenza sparisce. Presso ogni gente il matrimonio è sinonimo di emancipazione; i genitori stessi vi invitano i loro figli. Nel cittadino, poi, credente o no, anche la religione si intiepidisce, o per lo meno si razionalizza. Ogni religione ha il suo lievito di protestantesimo, in forza del quale anche l'uomo più pio presto o tardi si leva e dice, nel tono più candido e con la massima buona fede: Io ho entro di me lo spirito di Dio; l'adoratore in ispirito e verità non ha bisogno nè di prete, nè di chiesa, nè di sacramenti. Quanto alle considerazioni desunte dalla forza o dal salario, esse implicano sempre che l'autorità usante questi mezzi non abbia principî e che la comunità non esista.

Pertanto si pensi ciò che si vuole della ribellione umana; se ne faccia un vizio di natura o una suggestione del diavolo; ma rimane sempre che contro questo profondo sentimento del nostro essere umano non vi sono rimedi; che l'autorità e la comunità non possono giustificare i loro diritti, che esse non hanno luogo che per circostanze particolari rinforzate da condizioni che, venendo a mancare, rendono l'autorità illegittima e la comunità nulla.

In poche parole, non vi è altra autorità legittima che quella liberamente subìta come non vi è comunità proficua e giusta al di fuori di quella cui l'individuo dà il suo consenso. Posto ciò non ci resta da fare che una cosa: indagare le cause per cui l'individuo può ritirare il suo consenso alla comunità.

2. – L'uomo è dotato d'intelligenza; inoltre ha una coscienza che gli fa distinguere il bene dal male; esso possiede infine il libero arbitrio. Queste tre facoltà dell'anima – l'intelligenza, la coscienza, la libertà – non sono vizi o deformazioni causate all'anima nostra dallo spirito del male; al contrario proprio per esse, secondo la religione, noi rassomigliamo a Dio; e ad esse la comunità o pubblica autorità fa appello quando ci impone le sue decisioni, distribuisce giustizia e punizioni. La responsabilità che la legge ci attribuisce è il corollario del nostro libero arbitrio.

Stando così le cose, la comunità non può fare altro che lasciare all'individuo, da essa reso responsabile, una libertà d'azione eguale alla sua responsabilità; ogni contraria soluzione implicherebbe tirannia e contraddizione. La comunità ha anche interesse a questa libertà che la dispensa da una pesante sorveglianza e che è anche un non disprezzabile metodo di moralizzazione per l'individuo, il quale con essa acquista in valore e dignità. Ecco dunque la comunità intaccata, e costretta ad abdicare essa stessa, di fronte all'iniziativa personale, non fosse che per i minori affari. Ma la personalità è tanto più esigente quanto più la persona è dotata di raziocinio e di senso morale: dove si fermeranno le concessioni? Qui è la pietra d'inciampo dell'autorità e del comunismo. Ebbene, io rispondo che la libertà è indefinita e che deve andare tanto lontano quanto lo comportano l'intelligenza che è in essa, la dignità e la forza d'azione. Di guisa che la pubblica autorità e l'interesse comune non debbono farsi avanti che là dove la libertà si arresta, dove l'azione, il genio e la virtù del cittadino divengono insufficienti.

Lo stesso ragionamento vale per la famiglia, per la distribuzione dei servizi, per la separazione delle industrie e per la ripartizione dei prodotti. Ogni famiglia, sia pure la più piccola, è una piccola comunità, nel seno della grande comunità, che sparisce sempre più per dar luogo alla legge del tuo e del mio; ogni differenziazione d'industria, ogni divisione del lavoro, ogni idea di valore e di salario è una breccia nel sistema della proprietà in comune. Uscite da ciò, provate a combattere questa tendenza, a comprimere questo processo: cadrete nella promiscuità, nella frode, nella disorganizzazione, nell'invidia, nel furto.

Lo stesso in ciò che riguarda i rapporti del cittadino con lo Stato. Appunto perchè l'individuo è libero, intelligente, industrioso, attaccato a una professione speciale, perchè ha domicilio, moglie e figli, non solo domanda di essere sciolto dalle dande comuniste, ma considera l'intera comunità sotto un aspetto particolare; scopre nel potere difetti, lacune, branche parassite, che non si rivelano ad altri; esso ha, infine, un'opinione con la quale, buona o cattiva che sia, il governo deve fare i conti.

Aprite la porta a questo dilagare dell'opinione individuale; eccovi trasportati nel sistema degli Stati a poteri separati. Provate a contenere la critica generale: ritornate alla tirannia; risolvetevi per un mezzo termine e fate la politica dell'equilibrio o del giusto mezzo: eccovi nella forma più vile ed immorale di machiavellismo, l'ipocrisia dottrinaria. Anche qui dunque, come s'è visto più sopra, trattando della libertà e della famiglia, non c'è scelta; bisogna, ed è fatale, annullare la libertà in una caserma, sopprimere l'opinione individuale con la minaccia delle baionette, o retrocedere innanzi alla libertà, riservando l'autorità pubblica a quelle questioni che il voto popolare non può risolvere o non si cura di comprendere. Da ciò che precede risulta che la terra non può nè essere posseduta nè sfruttata in comune e che analogamente nessuna industria può essere esercitata in comune e che, simili ai figli di Noè dopo il diluvio, siamo condannati alla divisione. A quale titolo saremo possessori adesso? Lo esamineremo in seguito.

L'idea di adattare la società universale dei beni e dei guadagni allo sfruttamento della terra e di farvi entrare gruppi numerosi di popolazione non è primitiva; non è una suggestione di natura perchè già agli inizi, nello stato embrionale, vediamo che la famiglia moltiplica le sue tende o i suoi focolari, man mano che si formano nuove coppie; vediamo che lo Stato si sviluppa in villaggi, borgate e cantoni, ciascuno con la propria separata amministrazione e costituentisi gradatamente secondo il principio della libertà individuale, del suffragio dei cittadini, dell'indipendenza dei gruppi e della separazione delle coltivazioni.

La comunità, come istituzione o forma data dalla natura, è stretta al massimo grado nella famiglia; ma, lungi da questa, tronca le sue caratteristiche ed esiste solo come rapporto di vicinanza, somiglianza di lingua, di culto, di costumi e di leggi, tutto al più come mutua assicurazione; il che, implicando l'idea di accordo, è precisamente la negazione del comunismo. Solo più tardi, quando l'insolenza degli aristocratici e la durezza della schiavitù hanno provocato la reazione del popolo, la comunità si presenta come mezzo disciplinare e sistema di Stato: basta citare gli esempi di Licurgo, Pitagora, Platone, e dei primi cristiani. Ma l'esperienza ha fatto subito giustizia del tentativo: dovunque la libertà si è sollevata contro il comunismo, che non ha mai potuto stabilirsi se non su piccola scala, e come eccezione, nel seno delle masse.

La più grande comunità che sia mai esistita era fondata sulla schiavitù e sulla guerra; finchè i cristiani formarono solo una setta sperduta nell'immensità dell'impero, le loro comunità, sostenute dall'entusiasmo per il nuovo dogma, sembrarono fiorenti, perchè fino allora non avevano per oggetto che la preghiera, l'elemosina e i pasti. Ma quelle che vollero aggiungervi l'amore, caddero ben presto sotto la loro infamia. E quando il cristianesimo si dichiarò religione universale abbandonò il suo comunismo, nè le agitazioni medioevali poterono rianimarlo. (Vedere, per la mia critica della comunità, Sistema delle contraddizioni economiche, tom. II, cap. 12).

3. – La seconda maniera di possedere la terra è quella che io, dalla mia prima disputa sulla proprietà, ho denominato possesso, dal latino possessio, e che nel diritto romano classico aveva press'a poco il significato che ora esporrò.

Nello stato di indivisione familiare l'idea di proprietà non si è ancora prodotta, perchè tutti rimangono uniti alla famiglia, nella comunione paterna. Una sola cosa potrebbe far sorgere tale idea: l'eventualità di una famiglia che invadesse l'esercizio di un'altra. In tal caso l'usurpazione farebbe nascere l'idea del dominio, ma in questo modo anche il diritto delle genti sarebbe cambiato e l'umanità subirebbe la sua prima rivoluzione. L'umanità non attenderà tanto tempo: l'idea del proprio, in opposizione al comune, nascerà dalla comunità puramente e semplicemente. Siccome la primitiva famiglia si moltiplica e si fraziona nella sua unità soggettiva per il matrimonio della figliolanza, e siccome d'altra parte si mostrano incomprimibili la libertà nell'individuo e il senso della personalità nella coppia coniugale, si ha modo di seguire questo moltiplicarsi e frazionarsi della famiglia nei suoi effetti obiettivi, cioè nel possesso e nello sfruttamento del suolo: non si tratta ancora della proprietà, come si vedrà subito; ma c'è già un principio di distinzione del tuo e del mio, in un limite fissato dal bisogno e dalla capacità di lavoro di ciascuna famiglia.

I confini vengono piantati non, come aveva creduto Rousseau, per indicare che un terreno è stato alienato dalla comunità, ma soltanto per indicare il limite delle coltivazioni e la divisione dei prodotti. Comincia il regno di Caino, possessore terriero, prevalendo contro quello di Abele, guardiano di gregge; scoppia la guerra tra il dissodamento e il pascolo comune, tra la popolazione stabile produttrice di grano e quella nomade vivente di pastorizia. Questo momento drammatico, al quale secondo tutte le tradizioni va riportata la fine dell'età dell'oro e che la cosmogonia ebraica ha maledetto e probabilmente calunniato nella persona di Caino il fratricida, presso i popoli italici è stato invece la fase iniziale della religione. La famiglia è santificata; il suo capo, paterfamilias, è ad un tempo giudice, sacerdote e guerriero; la lancia con cui forma la sua palizzata e con cui combatte in guerra, indice della sua dignità e della sua forza, è anche il simbolo del Dio che presiede alla guerra e al possesso. La sistemazione dei confini è una cerimonia religiosa; gli agrimensori incaricati sono ministri del culto; lo stesso segno di confine, Terminus, di legno o di pietra, è una divinità contemporanea di Vesta e dei Lari.

Così lo stesso fatto è stato considerato diversamente nelle regioni della vecchia Esperia e nei deserti dell'Arabia o nelle steppe della Scienza. Ogni popolo si esprime secondo le sue inclinazioni e i suoi pregiudizi: tocca al filosofo valutare i fatti secondo la ragione.

4. – Quale è dunque l'estensione del diritto competente al possessore del suolo? È importante definirlo bene. In questo sistema, che dovette inaugurarsi nel tempo in cui cominciava il dissodamento del suolo e lo sviluppo autonomo delle famiglie, la comunità originaria, divenuta Stato, o il principe che la rappresenta, è considerata come investita del suolo da Dio, creatore e solo vero proprietario.

Ammirate questa finzione perchè mostra con quanto scrupolo di coscienza e con quanta giustezza di buon senso procedettero i primi reggitori dei popoli. Essi non dicevano, come i conquistatori che vennero dopo: questo campo è mio, perchè l'occupo e perchè l'ho guadagnato con la mia spada; oppure, perchè per primo l'ho dissodato col mio aratro. No: essi comprendevano che nè l'occupazione, nè la forza, nè il lavoro dànno diritto alla proprietà del suolo, e lo dichiaravano francamente, facendo risalire a Dio il diritto del principe, fonte di tutti gli altri diritti; essi erano ben lungi dal pensare che un giorno questo diritto divino, formula rigorosa della giustizia, sarebbe degenerato in un mostruoso abuso, e sarebbe divenuto sinonimo del più abominevole despotismo.

Il principe, dunque, capo dello Stato, avendo ricevuto da Dio la terra, possedendola in piena sovranità, e disponendone secondo il suo giudizio e il suo piacimento, la distribuiva ai suoi guerrieri, capi di famiglia; se ne deduce che egli aveva ricevuto la sua investitura appunto per ciò. E a quali condizioni la terra era ceduta dal capo ai suoi compagni? Su questo punto importa studiare da vicino tale sistema di possesso, sistema che, nei nostri termini, non offre alcuna presa alla critica e che si può considerare come l'espressione più pura della giurisprudenza individuale.

5. – Poichè la terra appartiene originariamente a Dio, che l'ha donata e poichè da Esso l'ha ricevuta la comunità, senza esclusione o eccezione per nessuno, e poichè la ripartizione non si fa se non per assicurare la libertà e la responsabilità di ciascuno e per evitare la promiscuità delle famiglie, ne consegue che il dominio eminente, o come diciamo oggi, la proprietà, resta allo Stato, e ciò che spetta al capofamiglia altro non è che una facoltà di esercizio e una garanzia di usufrutto. Per conseguenza la porzione di terra consegnata a ciascun cittadino non può essere da costui nè venduta nè alienata, come invece può fare per i prodotti della sua coltivazione e per l'aumento annuo del suo bestiame. Se egli non può nè alienare nè vendere, meno che mai potrà spezzettare il suo lotto, nè snaturarlo o rovinarlo. Al contrario egli deve sfruttarlo da buon padre di famiglia, espressione rimasta nel linguaggio; in modo che, pur ricavando dal suo fondo il meglio che può per sè e per i suoi, il detentore è obbligato a consegnarlo e a restituirlo ad ogni requisizione.

L'indivisibilità e l'inalienabilità, tali sono, in breve, le caratteristiche fondamentali del possesso. L'eredità vi si aggiunge non come un privilegio, ma piuttosto come una obbligazione in più imposta al possessore. Si comprende che siccome la divisione del suolo è fatta sopratutto nei riguardi delle famiglie, il detentore non trasmette il suo possesso perchè il suo diritto è assoluto ma, al contrario, dalla limitazione del suo diritto deriva l'ereditarietà del possesso.

Infine a queste obbligazioni fondamentali si aggiunge l'obbligo di pagare al principe un canone in prodotti, in bestiame, in danaro, uomini o servizi: espressione di omaggio al sovrano e indice della dipendenza e subordinazione del possessore.

Ho detto che questo sistema, che in una forma più o meno larga è stato in vigore presso tutti i popoli alle loro origini, Egiziani, Arabi, Giudei, Celti, Germani, Slavi e anche Romani, è perfettamente razionale, voglio dire di una razionalità particolaristica e di semplice buon senso; e ho detto che questo sistema, dal punto di vista della giustizia e della pubblica economia sfida ogni critica. È la forma di possesso terriero che l'Imperatore di Russia Alessandro II, ha testè concesso ai contadini insieme con la libertà. È la stessa forma di possesso che, modificata in base alle vedute del cattolicesimo, alle tradizioni latine e ai costumi guerrieri, ha regnato in tutto il medioevo sotto il nome di feudo.

La coscienza individuale, in un'epoca in cui la società, appena formata, non forniva nulla, non va oltre. E vedremo infatti che se più tardi la ragione collettiva si è innalzata ad una concezione superiore, e se essa sostiene oggi la proprietà, la giurisprudenza accademica si è mostrata fino adesso incapace di renderne conto.

Il possesso terriero, condizionato e ristretto, come l'ho definito, esclude ogni disposizione abusiva: a differenza della proprietà si potrebbe definirlo: diritto di usare della terra, ma non di abusarne, jus utendi sed non abutendi.

Questo possesso è essenzialmente egualitario: in Russia il comune, che viene considerato unico proprietario, deve fornire a ciascuna famiglia una quantità di terra arabile; e se il numero delle famiglie aumenta, si rifà la ripartizione, in guisa che nessuno ne sia escluso. Tale regola è comune a tutti i popoli slavi ed è stata mantenuta in Russia dal decreto di emancipazione.

L'economia politica che studia le leggi della produzione facendo astrazione dagli interessi individuali e dall'ineguaglianza delle fortune, non può nemmeno essa esigere nulla di meglio di questo puro possesso. Cosa domanda l'economia politica? Che il lavoratore sia libero: e ciò si verifica per il contadino russo di oggi come per qualunque usufruttuario in Francia. Domanda che il lavoratore sia padrone dei suoi movimenti: e ciò si verifica, poichè egli lavora nel suo esclusivo interesse salvo il canone da pagare al comune e allo Stato. In questa istituzione non c'è nè servitù personale, nè salariato, nè proletariato, nè regolamentismi: cosa può domandare di più la scienza? Potrebbe mai affermare un economista che i nostri affittuari e mezzadri sono in cattive condizioni di esercizio per il fatto che non sono proprietari? No, l'affitto e la mezzadria sono riconosciuti da tutti gli economisti come condizioni razionali di esercizio agricolo.

La rendita fondiaria è ammessa da essi come un fenomeno naturale dell'economia pubblica, e tuttavia la condizione degli affittuari e dei mezzadri è molto meno favorevole di quella dei possessori di cui parlo, perchè affittuari e mezzadri non solo non hanno la proprietà, ma non hanno nemmeno il possesso; essi non producono per sè, come i possessori slavi; ma dividono con il proprietario. Sostenere, dal punto di vista economico, che il possesso non abusivo è difettoso, sfavorevole al lavoratore e alla produzione della ricchezza, equivale a ripudiare l'affitto, assalire la rendita, e per conseguenza negare la proprietà: il che diventa contraddittorio.

Se il principio ciascuno da sè, ciascuno per sè può essere considerato come una verità fondamentale dell'economia politica e del diritto, esso ne offre applicazione col possesso o proprietà limitata, non meno che con la proprietà assoluta: soltanto che c'è in quest'ultima una punta di feroce egoismo che non si trova nel primo. Dal punto di vista morale, non meno che da quello della libertà, il possesso sfugge ad ogni incriminazione.

6. – Del resto è pacifico che il possesso, malgrado il suo modesto figurare, fino ad oggi nella civiltà è stato molto più praticato della proprietà. Nella gran maggioranza dei casi la terra quando non è stata coltivata da servi della gleba, è stata coltivata secondo le forme del colonato, dell'enfiteusi, del beneficio, dell'uso precario, della concessione, della manomorta, della gestione contro fitto o a soccida, ecc., tutti termini che sono sinonimi o equivalenti di possesso. Solo un piccolissimo numero di coltivatori sono stati proprietari. Inoltre quando la classe proprietaria si è moltiplicata – il che non si è visto che due o tre volte nella storia, dopo il trionfo di Cesare, più tardi dopo le invasioni, e finalmente con la vendita dei beni nazionali –, immediatamente la proprietà, oppressa dalle imposte e dalle servitù, abbandonata all'anarchia, al frazionamento, alla concorrenza, all'aggiotaggio, minacciata, come da una spada di Damocle, dalla legge di espropriazione per causa di pubblica utilità,

rosa dalle ipoteche, minorata dallo sviluppo della ricchezza industriale e mobiliare, si è trovata al di sotto del primitivo possesso.

Il pretoriano ha venduto il suo campicello e si è ritirato nella grande città; il barbaro ha cercato protezione per il suo allodio e l'ha convertito in feudo; e tutti vediamo oggi una massa di proprietari grandi e piccoli, che, stanchi e delusi, fanno danaro del loro patrimonio e si riducono, alcuni al commercio, alcuni agli impieghi pubblici, alcuni ai servizi presso terzi e al lavoro salariato.

Nulla di più facile, sembra, che regolare e affermare questa forma di possesso, contraria all'ineguaglianza ed escludente ogni genere di privilegi o di abusi. Le angherie feudali, che durante il medioevo hanno disonorato il possesso e alla fine hanno sollevato la collera dei popoli, ben lungi dall'essere inerenti a questa forma di detenzione, le sono diametralmente contrarie, come pure le gerarchie dei titoli e dei feudi. Posta come principio l'eguaglianza di fronte alla legge, ne deriva l'eguaglianza dei possessi e sarebbe bastata per mantenerla un regolamento di polizia rurale che avesse proibito il cumulo e il frazionamento.

Il senso comune non indicava nulla di più; e nulla di più avrebbero domandato le masse. Tuttavia non se n'è fatto niente: la Dichiarazione dei diritti del 1789, mentre ha abolito il vecchio diritto feudale, ha affermato la proprietà, e la vendita dei beni nazionali è stata effettuata in esecuzione.

È uno dei fenomeni più da considerarsi nella nostra epoca: quali ne siano state le cause segrete, nessuno si è finora preoccupato di chiarire.

Capitolo III

ORIGINE E FONDAMENTO DELLA PROPRIETÀ

1. Attribuzione del dominio eminente allo Stato, secondo il diritto romano e il diritto francese – 2. Fondamento del privilegio di usare e abusare concesso dallo Stato al proprietario – 3. La definizione assolutistica della proprietà considerata come riconoscimento legale di una ingiustizia – 4. Eccessività dell'estensione dei diritti del proprietario – 5. Insufficienza delle varie teorie giuridiche sul fondamento del diritto di proprietà – 6. Confutazione di tali teorie.

1. – La proprietà è il dominio eminente dell'uomo sulla cosa: secondo la definizione del codice civile francese, art. 544, è «il diritto di godere e disporre delle cose nella maniera più assoluta, purchè non se ne faccia un uso proibito dalle leggi o dai regolamenti». Il diritto romano dice: «Dominium est jus utenti et abutendi, quatenus juris ratio patitur: la proprietà è il diritto di usare e di abusare in quanto lo permette la ragione del diritto». Sembrerebbe che il legislatore, stabilendo questo assolutismo della proprietà, abbia voluto renderla più sorprendente anche per mezzo della indeterminatezza di questa riserva, quatenus juris ratio patitur; nel codice francese, «purchè non se ne faccia un uso proibito dalle leggi e dai regolamenti». Da un lato si dice che la proprietà è assoluta, dall'altro si fa riserva per il diritto dello Stato, che si manifesta nelle leggi e nei regolamenti.

Ma in che consiste questo diritto dello Stato? Non si sa; è una spada di Damocle per cui praticamente non si ha alcuna considerazione, ma il cui filo può rompersi provocando la fine della proprietà. Nulla di più facile, per mezzo di due o tre articoli di legge e di alcuni regolamenti, che ridurre questa proprietà assoluta e abusiva ad una proprietà condizionata e limitata, a un semplice possesso. Dirò perfino che nel momento in cui scrivo l'andamento sembra orientato in questo senso. Questa definizione contraddittoria, che in uno stesso tempo dà e ripiglia, afferma e nega, non è di buon augurio per la sicurezza della giurisprudenza e per la moralità dell'istituzione.

Il diritto romano e il diritto francese hanno evidentemente sottinteso che il vero sovrano, colui in cui risiede il dominio eminente, dominium, non è il possessore o il detentore della cosa; esso non è che un proprietario fittizio, onorifico; il vero sovrano è lo Stato. Era la teoria del vecchio regime, verso la quale inclinavano Napoleone e Robespierre. Ma allora perchè si è accordato al proprietario questo privilegio di usare e di abusare, mentre lo Stato, che è il vero sovrano, non compie abusi? Perchè questa tolleranza verso il male? Perchè questo campo aperto all'iniquità? Perchè questo rilassamento del pubblico controllo sul dominio di tutti? Non è il caso di dire che i proprietari hanno fatto le leggi con particolare preoccupazione di loro stessi? Dove va a finire il rispetto delle leggi di fronte a tal sospetto?...

Da qualunque lato vi giriate, l'arma della contraddizione è diretta contro di voi: impossibile sfuggire.

Di fronte a questa analisi, tutte le apologie della proprietà che si sono pubblicate negli ultimi anni, tutte le spiegazioni che si sono date della sua origine, non sono che ridicole bucoliche. Perchè, in fin dei conti, dico io a questi maldestri apologisti: ammetto la buona fede, riconosco l'eredità, il possesso, la prescrizione, il sacro diritto del lavoro e anche l'interesse dello Stato: ma perchè mai questo abuso? Perchè questa facoltà di disporre assolutamente? Si è mai sentito parlare di una legge o di una morale, che autorizzino il vizio, l'incontinenza, l'arbitrio, l'empietà, il peccato, il furto, la rapina, con la sola riserva di punire i delinquenti che oltrepassino un certo limite che, poi, la legge nemmeno stabilisce?

2. – Prendiamo in esame la proprietà più rispettata di tutte, quella che è stata acquistata con il lavoro. Perchè, domando io, oltre al prezzo legittimamente dovuto al produttore, oltre al compenso per il suo lavoro e per le sue pene, concedere questo diritto di abusare, di disporre assolutamente: ciò che non farebbe nemmeno un buon padre di famiglia nei riguardi del figlio più amato?...

Notate che questa definizione del legislatore galloromano è tanto più strabiliante, direi quasi scandalosa, in quanto esso ha perfettamente distinto la proprietà, da lui consapevolmente dichiarata abusiva, dal possesso che non lo è affatto. Questa distinzione è stata fatta tanto bene che ha prodotto due punti di vista differenti sui quali si fonda l'intero sistema del diritto civile, e che si chiamano in termini di scuola possessorio e petitorio. Possessorio è tutto ciò che si riferisce al possesso non abusivo: petitorio tutto ciò che è relativo alla proprietà, al dominio abusivo e assoluto. Perchè mai tutto questo? Un principio di economia politica vuole che i prodotti si acquistino con altri prodotti; e ciò conduce alla regola di diritto commerciale, che un valore si paga con un eguale valore; in poche parole, la equivalenza è la legge dello scambio.

Perchè il legislatore civile mette sotto i piedi questa regola, dichiarando la proprietà, acquistata dal lavoro come ogni altra cosa, abusiva e assoluta; ciò che in sostanza significa accordare al proprietario più che non meritino i suoi servizi?

3. – È chiaro che la proprietà è estrinseca al diritto, e non posso comprendere gli ostinati che non se ne vogliono render conto.

Essa oltrepassa il diritto in modo che si può dire che la definizione che la determina è il riconoscimento legale di una ingiustizia, la legittimazione in nome del diritto di ciò che non è diritto.

Comunque sia, dalla definizione assolutista della proprietà risulta che, diversamente dal possesso, che, come abbiamo visto, è indivisibile e inalienabile, essa può a volontà del proprietario essere divisa, impegnata, venduta, donata, alienata per sempre. Tale è il carattere fondamentale della proprietà nella pratica delle transazioni e nell'uso corrente dei proprietari; il che significa che attraverso una nuova finzione – diametralmente opposta a quella, che, considerando lo Stato, o il principe, come rappresentante o vicario di Dio, gli attribuisce il dominio superiore sulla terra – l'individuo stesso è considerato come sovrano, il quale detiene la terra per fatto e diritto suoi propri, non derivanti da nessuno.

L'economia politica fornisce una analogia ancora più espressiva: come l'artigiano ha la proprietà assoluta dei suoi prodotti perchè esso li ha prodotti, così la nuova legge, assimilando il possesso del suolo a quello dei prodotti dell'industria, costituisce proprietario il detentore della terra, come se lavorandola esso l'avesse prodotta. Si sente quanto questa assimilazione offra il fianco alla critica; perciò la critica non è mancata.

4. – Così, poichè il possessore del suolo è stato considerato come il creatore del suolo, il suo diritto ha preso una estensione prodigiosa; ciò che egli non poteva nè dividere nè alienare nè distruggere, benchè fosse libero di abbandonare, oggi egli può trattarlo a suo pieno arbitrio, destinarlo al fine che più gli aggrada, scambiarlo contro danaro o contro un piatto di legumi, sminuzzarlo, sconvolgerlo; tutto ciò è suo pieno diritto.

Per la stessa ragione il proprietario può spogliare i suoi figli trasferendo ad un estraneo la sua proprietà. In questa non avviene più, infatti, come nel possesso, istituto che ha per oggetto la distinzione e la conservazione delle famiglie. Sotto il nuovo regime, l'elemento politico non è più la famiglia; è l'individuo, il proprietario. Come il capo famiglia ha facoltà di godere e di disporre nella maniera più assoluta dei prodotti della sua industria, così può disporre non meno sovranamente della sua proprietà e delle rendite che ne ricava: la terra e i frutti del suo lavoro gli appartengono allo stesso titolo; la Dichiarazione dei diritti posta in testa alla Costituzione dell'anno III riunisce esplicitamente l'una e gli altri in una stessa categoria.

L'eredità, che nel primo caso spettava di diritto ai figli del proprietario, oggi non è più che una presunzione.

Nei riguardi del fisco la posizione del proprietario non è più quella del semplice possessore: questo era tenuto a un canone, indice della sua posizione subordinata e della sovranità dello Stato. Invece il proprietario non deve nulla; soltanto, siccome egli fa parte di una associazione politica, contribuirà con la sua fortuna alle spese generali dell'associazione, spese che egli avrà previamente approvate.

Finalmente, ultima conseguenza, la proprietà non implica di necessità l'eguaglianza, come invece il possesso. Dal momento che essa comporta la divisione e la cessione, è anche suscettibile di acquisto e di cumulo; la più grande ineguaglianza regnerà tra i vari patrimoni; vi sarà un gran numero di spossessati e alcuni proprietari i cui beni fondiari basterebbero ad un'intera nazione e potrebbero formare un regno.

Si noti che se la proprietà è oscura e scabrosa a definirsi, in compenso non vi è nulla di più chiaro dei suoi caratteri; basta pensare all'opposto preciso del possesso.

Adesso si tratta di spiegarsi e di giustificare questo strabiliante ordinamento, così lontano dalla moderazione dei primordi, e in cui sembra che il legislatore si sia assunto il compito di riunire, sotto una riserva sibillina, ogni genere di eccessi. Perchè – occorre riconoscerlo – la proprietà nella sua assolutezza è altrettanto conseguente e logica quanto lo è il possesso nella sua equità; ed essa si afferma con precise intenzioni e non a casaccio.

5. – Non vi è nulla di più gustoso delle digressioni dei giuristi che si sforzano di spiegare o di difendere la proprietà contro i critici innovatori. Si capisce subito che essi non hanno per giustificarla altre ragioni se non quelle che servirono di base all'istituto del possesso; e si può fin d'ora affermare che la loro insufficienza deriva unicamente dal fatto che essi vogliono spiegare un concetto della ragione collettiva con i soli dati della ragione individuale.

I più antichi giuristi dicevano schiettamente che la proprietà aveva il suo fondamento nel diritto del primo occupante e respingevano ogni altra ipotesi. Ma dopo vennero altri, come Montesquieu e Bossuet, i quali sostennero che la proprietà trae la esistenza dalla legge, e per conseguenza respinsero la vecchia teoria dell'acquisto per occupazione. Nei nostri tempi l'opinione di Bossuet e di Montesquieu è sembrata a sua volta insufficiente e si sono avanzate due nuove teorie; una collega il diritto di proprietà al lavoro, ed è la tesi sostenuta da Thiers nel suo libro Della proprietà; un'altra risale ancora più in alto, giudicando compromettente perfino la idea di Thiers, e s'illude di aver determinato la vera causa della proprietà nella personalità umana e la considera come la manifestazione dell'Io, l'espressione della libertà. Questa opinione viene condivisa, fra gli altri da Victor Cousin, il filosofo, e da Federico Passy, l'economista.

C'è appena bisogno di dire che questa opinione è sembrata a sua volta, sia ai partigiani di Bossuet e di Montesquieu, sia a quelli di Thiers, sia ai teorici di vecchio stampo, tanto vana quanto pretenziosa. Si domanda infatti: come mai non sono tutti proprietari, dal momento che sono la volontà, la libertà, la personalità, l'Io, che fanno la proprietà?... I più saggi, come il signor Laboulaye, si sono tenuti fuori del dibattito. E così la proprietà, per il fatto stesso dei suoi avvocati, si è trovata in pericolo più di quanto mai sia stata.

6. – È chiaro per ogni uomo di buon senso, ed io credo di averne dato dimostrazione esauriente, che tutte queste teorie sono egualmente insufficienti e si riducono a una petizione di principio, affermando gratuitamente, senza alcun suffragio, nei riguardi della proprietà assoluta e abusiva, ciò che è vero soltanto del possesso, o proprietà condizionata e limitata. Il fatto dell'occupazione, per esempio, non è affatto un fondamento di legge, una ragione giuridica, e non crea per se stesso alcuna prerogativa; è soltanto un atto di presa di possesso che non implica l'esclusione di altri, e si limita naturalmente alla quantità di terra che può essere fatta valere da una famiglia.

L'autorità del legislatore è rispettabilissima, e in questo caso non si fa questione di disobbedienza alla legge, ma di giustificarla e di stabilirne i motivi: ora, nell'istituto del possesso, la legge si comprende a meraviglia e salta subito agli occhi la sua equità, la sua previdenza, la sua alta moralità; ma non è così per l'istinto della proprietà dei cui motivi, fini e cause si è ancora nella fase di ricerca. Il lavoro è cosa sacra e il diritto che dà al lavoratore sul prodotto è assoluto, ma non può estendersi, senza altra forma di processo fino alla terra che l'uomo non crea ma di cui è egli stesso prodotto. Anche l'intento di pagare una remunerazione al coltivatore per l'attività da lui data al suolo non basta ancora a legittimare la proprietà poichè ogni remunerazione è determinata dalla formula economica: servizio per servizio, prodotto per prodotto, valore per valore; e se nei trasferimenti è giusto tener conto delle modificazioni apportate alla terra, da esse non risulta affatto un conferimento di proprietà.

Infine l'io è certamente, insieme con la terra, la sostanza di cui è costituita la proprietà, la quale suppone due termini, una cosa appropriata e un soggetto che se l'appropria; ma questo bisogno dell'io di unirsi al mondo esteriore e di elevarsi una fortezza, di marcarvi la sua impronta, di incorporarselo, mentre è soddisfatto dall'istituto del possesso, invece viene sfrenato dalla proprietà, che tende all'accumulo, all'accaparramento, alla spoliazione di altri io; e ciò implica contraddizione. (Vedere le mie Memorie su la proprietà, il Sistema delle contraddizioni economiche).

Aggiungete a questa confutazione irresistibile l'autorità dell'esperienza. Questa mostra che dovunque la proprietà degenera in abusi spaventosi: una parte della società spogliata a profitto dell'altra; la servitù ristabilita; il lavoro senza eredità e senza capitale; la discordia fra le classi; le rivoluzioni in permanenza; la libertà perduta, lo spopolamento che aumenta proporzionalmente ai latifondi; finalmente la società che cade in dissoluzione per l'universale affermarsi dell'assolutismo. La storia e la economia politica sono piene di rimostranze per gli abusi della proprietà, senza che nessuno abbia voluto rendersi conto che in fatto di proprietà uso e abuso sono tutt'uno e che una proprietà, la quale cessasse di essere abusiva o perdesse la facoltà di esserlo, tornerebbe ad essere possesso puro e semplice e non sarebbe più proprietà.

Si comprende quale dovesse essere in certi momenti l'angoscia dei proprietari in presenza di una critica fulminante che negava con cognizione di causa il loro diritto e dimostrava con prove alla mano e in modo perentorio che secondo tutti i dati della civiltà, i lumi della giurisprudenza, le dottrine economiche, quelle religiose, le tradizioni dello stesso diritto divino, e a maggior ragione secondo la teoria moderna del diritto, da qualunque punto di vista e sotto qualunque ipotesi la si considerasse, la proprietà si riduceva ad una violenta usurpazione resa sacra da un equivoco giuridico. Risalite alle origini – si diceva ai proprietari – esaminate il patto sociale, consultate la pura ragione, analizzate le condizioni del lavoro e dello scambio: sempre dovete riconoscere che il vostro dominio eminente è un fatto usurpatorio simile a quello di un infrangimento di confini, una istituzione dell'egoismo che è al di là del diritto e contro la società, il cui solo risultato è stato di spossessare la moltitudine a profitto di una casta, fatto che il legislatore ha voluto consacrare chissà perchè. Ce lo domandiamo da duemila cinquecento anni.

Questo è dunque il problema rispetto al quale giuristi ed economisti pretenderebbero inutilmente di opporre la questione preliminare se la proprietà, come noi l'abbiamo sopra definita, come il Codice l'espone e come la società moderna la pratica, è realmente, nelle vedute della civiltà, una ispirazione di quella ragione immanente che dirige le collettività umane e le cui concezioni oltrepassano la portata naturale della ragione individuale, oppure se essa altro non sia che un fatto di sovversione, un pregiudizio fatale, una di quelle aberrazioni di opinioni che infettano il corpo sociale e ne imbastiscono la rovina. Nel primo caso dare ragione di questo istituto ma non con leggi di pubblica sicurezza e con proteste ipocrite; nel secondo, poichè la logica e il diritto sono inflessibili, ritornare al possesso legittimo e procedere ad una nuova spartizione.

Siccome in una discussione di sì alto interesse le preoccupazioni e i chiarimenti non saranno mai di troppo, prima d'impostare le considerazioni di diritto comune che secondo me spingono la società all'istituto della proprietà, domanderò il permesso di esaminare se essa, come già ci appare, può essere considerata quale risultato di una tendenza organica, naturale e necessaria, e per conseguenza legittima, o se non bisogna vedere in essa altro che un abuso, un'esagerazione del possesso, introdotta con l'aiuto del caos rivoluzionario, e in seguito accettata dalla ragion di Stato, ed eretta in principio dalla tolleranza, dalla negligenza e dall'ignoranza del legislatore. Getteremo pertanto un rapido sguardo sulla storia della proprietà.

Capitolo IV

VICENDE STORICHE DELLA PROPRIETÀ

1. Origine romana della proprietà in Europa – 2. Differenza tra il dominio quiritario e il possesso – 3. Ammissione del popolo, in Roma, alle partizioni delle terre conquistate – 4. Atteggiamento del patriziato di fronte alla plebe – 5. L'impero e l'istituzione dell'imposta fondiaria – 6. Origine del colonato – 7. Riforma dell'ordinamento giuridico familiare sotto l'impero romano e sue ripercussioni nella proprietà – 8. Le invasioni barbariche e le nuove ripartizioni di terre – 9. Il Cristianesimo e l'accaparramento delle terre da parte del Clero – 10. Il feudalesimo e i comuni.

1. – In Europa la proprietà è d'origine romana; per lo meno essa appare per la prima volta a Roma con il suo carattere assoluto, con le sue pretese giuridiche, la sua dottrina rigorosa e la sua inflessibile pratica. Tuttavia ci si ingannerebbe credendo che essa si sia costituita dai primordi, armata di tutto punto, come Minerva uscì dal cervello di Giove.

Alla pari di tutte le altre idee, buone e cattive, che s'impongono alle coscienze e governano il mondo, solo a poco a poco essa si sviluppa dal possesso, con cui la si trova spesso commista e dal quale si separò nettamente in tempi più tardi.

I motivi, che mi fanno supporre che a Roma la proprietà si confondesse a lungo con la forma di possesso detta germanica e slava, e che nel medioevo fu chiamata feudo, sono i seguenti:

a) Romolo divide il suolo in trenta parti uguali e le distribuisce alle trenta curie. Di quello che rimane assegna una parte al culto, un'altra allo Stato. Ecco una divisione che si compie con carattere di definitività: da una parte la quota dello Stato forma un demanio indivisibile, imprescrittibile, inalienabile; la quota del culto è nella stessa condizione; l'altra, la porzione assegnata ad ogni guerriero, cittadino e capo famiglia, haereditas, a guisa delle assegnazioni fatte alla religione e allo Stato, dapprima non doveva essere considerata sotto diverso aspetto.

Tutte queste forme di dominio – statale, religioso, privato – si rassomigliano. Ma appunto perchè il patrizio, compagno d'armi di Romolo, quiris signore della casa, capo famiglia e possessore terriero, è assimilato allo Stato nel suo diritto, egli ha anche del proprietario: subordinato al re solo per l'investitura, egli non dipende che da se stesso nell'amministrazione della sua curia; egli è sui juris; è capo politico e non paga canoni di affitto. Quando venne il momento di affrancarsi dal regime monarchico egli trasformò il suo possesso, possessio, in proprietà, dominium. Le terre dello Stato coltivate da schiavi o da plebei affittuari bastano alle spese pubbliche. Questo diritto del patrio, nei riguardi di quello che più tardi fu accordato al plebeo, assume un nome speciale: diritto dei quiriti, ius quiritarium.

b) Romolo escluse la plebe dalla partizione. Non si tratta quindi di una sistemazione egualitaria, come il possesso secondo la nostra concezione; ma in sostanza è una restrizione del diritto dei patrizi, che non arriva fino al punto di poter trasmettere la terra quiritaria in mani plebee.

c) Fu il re Servio che per primo assegnò terre al popolo. In seguito, dopo la caduta dei Tarquini, l'aristocrazia seppe interessare il popolo alla rivoluzione distribuendo a ciascun cittadino sette jugeri di terra, presi dai beni dell'exre. Nel 457 a. C., pertanto, il Monte Aventino viene diviso fra la plebe. Ma tutte queste assegnazioni sono fatte a titolo di possesso, il che significa che l'uomo del popolo non possiede che a titolo di usufruttuario; egli non può nè ipotecare nè vendere, poichè lo Stato conserva il dominio e la nuda proprietà Alla fine nel 376, in forza della legge dei tribuni Licinio Stolone e L. Sestio, i plebei sono ammessi come i patrizi alla partizione delle terre conquistate, cioè dell'ager publicus; una numerosa classe media si forma per mezzo di questi possessi, che i nobili bramano ardentemente. Ma, da notarsi, tutte queste terre sottratte all'ager publicus, a chiunque appartengano, patrizio o plebeo, mantengono il loro legame con lo Stato; solo quelle della primitiva partizione sono possedute a titolo quiritario. Di guisa che si può dire che il possesso è la regola; la proprietà la eccezione. In realtà tutta la differenza tra la proprietà e il possesso, in quell'epoca, consiste piuttosto nella potenzialità che nell'effettivo esercizio del diritto quiritario. Infatti, benchè il nobile potesse alienare il suo patrimonio, in pratica non lo faceva: la proprietà rimaneva immobile. Ben lungi dal pensare a spossessarsi, il quirite ambiva ad ingrandirsi, se non col mezzo di nuove proprietà, almeno con nuovi possessi.

d) Ciò che rendeva il dominio di diritto quiritario praticamente indivisibile e inalienabile, come un feudo, era il sentimento della famiglia, così potente a Roma da essere il fondamento della costituzione. «Al sorgere della società – dice Laboulaye – dovunque domina l'aristocrazia, la famiglia è uno degli elementi politici dello Stato. Lo Stato non è che una federazione di famiglie, piccole società indipendenti, in cui il capo è contemporaneamente giudice, pontefice e duce. Una famiglia siffatta non si dissolve finchè vive il capo; alla sua morte il figlio prende il posto del padre e il legame si mantiene anche quando il passaggio di parecchie generazioni non lascia più che un lontano ricordo dell'origine comune, ricordo conservato dal nome e dal culto. In un tale sistema la famiglia è basata piuttosto sul legame politico che su quello del sangue, e l'individuo, contrariamente a quei diritti che a noi sembrano i più sacri, è spietatamente sacrificato a questa necessità pubblica. Occorre mettersi da questo punto di vista per comprendere le leggi romane che stabiliscono l'onnipotenza del padre di famiglia, la precedenza dei maschi, la tutela delle femmine, l'esclusione dei loro discendenti dai beni dell'avo paterno».

Dove la famiglia esercita una tale importanza, dove essa è un elemento politico, la proprietà, come noi oggi l'intendiamo, non potrebbe esistere che in potenza; essa è indivisibile e inalienabile; il padre avrà un bel dirsi sui juris e padrone assoluto della sua terra, potendo disporne nella maniera che più gli conviene, ma la sua maggiore cura e la sua prima preoccupazione saranno sempre di trasmetterla per intero alla sua famiglia; e perciò ripeto che a Roma, nei tempi della repubblica la proprietà, sia fra patrizi come fra plebei, era pressochè nulla. Ma già sotto questo aspetto la qualità di proprietario comincia a sovrastare quella di pater familias. Il padre è padrone assoluto, non di distruggere i suoi beni e la sua famiglia, ma di disporne a suo grado, restando sottinteso il dovere di conservarla; riassume nella sua persona tutta la famiglia; può diseredare i suoi figli e istituire al loro posto un erede estraneo per continuare quella famiglia. Così dice la legge delle XII tavole: Uti legassit super familia, pecunia, tutelave suae rei, ita jus esto.

«Il testamento romano aveva un ben maggior significato di una donazione del patrimonio del testatore: era la trasmissione della familia intiera e del culto domestico (sacra privata), la cui conservazione era oggetto di sì viva sollecitudine.

«L'erede istituito continuava la persona del defunto come avrebbe fatto l'erede naturale. L'importanza connessa al titolo di erede, e l'indivisibilità dei doveri religiosi che essa imponeva, avevano radicato nella convinzione dei romani l'idea che la famiglia non si potesse trasmettere che per intero, con i suoi vantaggi come con i suoi oneri: nemo pro parte testatus, pro parte intestatus decedere potest.

Ammettere a concorrere la successione testamentaria con quella legittima sarebbe stata una contraddizione alla natura stessa del testamento».

«Nei popoli moderni il diritto di successione è fondato unicamente sul legame del sangue». Ciò significa che il principio di eredità si è materializzato e che il concetto di famiglia, invece di perfezionarsi, si è affievolito. Presso i romani era ben diverso: se il padre moriva senza testamento, ereditava la famiglia, che significava ben altro che i figli e i parenti, benchè gli uni e gli altri potessero esservi compresi. In poche parole, la famiglia era una condizione civile e politica, status, caput, indipendente dalla nascita e dal sangue, come la condizione di libero e di cittadino. Il figlio nato in matrimonio, quello adottivo e la donna in manu hanno pari diritto ad ereditare; viceversa il figlio emancipato, o dato ad altri per essere adottato, e la figlia sposata non sono più membri della famiglia e perdono il diritto a succedere.

e) Le solenni formalità che si richiedevano, sia per gli atti traslativi come per il testamento, dimostrano fino a quale punto fosse considerata importante la trasmissione della proprietà: quanto essa fosse connessa alla famiglia e quanto raramente, per conseguenza, potesse svincolarsene. In breve, in Roma avvenne della proprietà o diritto dei quiriti ciò che avvenne del matrimonio: la facoltà di alienare, come quella di divorziare, era riconosciuta, ma in pratica trascorsero lunghi secoli senza alienazioni e senza divorzi.

Tale fu la proprietà alle sue origini. Mi domando adesso se in tutto ciò vi sia qualcosa che ripugni alla morale pubblica o privata, alle nozioni più elementari del diritto e se, per conseguenza, sia permesso vedervi un dato fondamentale, una suggestione o premessa della Ragione collettiva, in cui si fondono l'idea e il diritto, l'intelligenza e la coscienza.

2. – Qual'è dunque la differenza fra la proprietà, o dominio quiritario, e il possesso? Essa consiste in due principî che secondo me non implicano, per se stessi, nè la negazione del diritto, nè l'immoralità. Il primo è che il proprietario non dipende che da se stesso, e non dal principe o dalla collettività; il secondo è che in esso l'autorità di padre di famiglia è parimenti autonoma, e che per conseguenza egli non è responsabile davanti ad alcuno. Abbiamo invece visto che nel regime del possesso il detentore dipende dallo Stato, che è considerato sovrano per istituzione divina o finzione della legge – il che in sostanza è la stessa cosa –. Ma, finzione per finzione, perchè il cittadino, membro dello Stato ed elemento politico, non dipenderebbe direttamente da Dio, non sarebbe sovrano della sua terra senza la trafila del principe o della comunità?

È forse questa ipotesi meno logica e più strana dell'altra? E in secondo luogo per quale motivo il padre di famiglia deriverebbe la sua autorità da altri che da se stesso, cioè dalla natura che l'ha fatto amante, sposo e padre e gli ha dato, per adempiere questo triplice dovere, la forza, l'amore e l'intelligenza?

Notate che le nostre precedenti argomentazioni favoriscono tale nuova concezione. Abbiamo visto che la comunità universale dei beni e dei guadagni ha dovuto essere abbandonata per far luogo alla federazione delle famiglie; il che porta ad attribuire a ciascuna di esse l'indipendenza e l'autonomia. Ma l'indipendenza si esprime con l'autorità assoluta del padre di famiglia. Se voi negate questa autorità, stendete un filo fra la famiglia e lo Stato; introducete entro certi limiti la donna e i figli nella comunità; gettate fra essi e il padre un fomite di divisione. Cosa è meglio, secondo voi, per la madre e per i figli: essere sotto la tutela esclusiva del padre, oppure avere nei suoi riguardi la facoltà di ricorrere ai magistrati?

Nel primo caso fate affidamento sull'amore, sull'onore, sulla dignità, sui migliori sentimenti dell'uomo; nel secondo fate di esso un semplice delegato dello Stato, con doveri e responsabilità. Come vedete è una questione delle più gravi, perchè se il secondo partito sembra più sicuro, il primo è incontestabilmente superiore dal punto di vista etico. A Roma, dove il divorzio era prerogativa del marito, passarono più di cinque secoli senza che se ne verificasse un solo esempio, e non ho letto in alcun luogo che durante lo stesso lasso di tempo qualche padre si sia preso l'arbitrio di diseredare i suoi figli o di scialacquare il patrimonio. Al contrario, quando il pretore prese sotto la sua tutela i minori e le donne, e limitò il testamento, la famiglia già non esisteva più; i costumi erano decaduti per altre cause.

Da questa analisi risulta che, nonostante le obiezioni che sorgono nella ragione individuale contro ogni sorta di assolutismo, la proprietà, assoluta per sua natura, ha potuto apparire alle sue origini una ipotesi altrettanto legittima, altrettanto morale e altrettanto razionale del possesso stesso. E ciò per il motivo molto semplice che il possesso, benchè sottoposto alle condizioni che abbiamo visto, dipende, in ultima analisi, dal potere assoluto dello Stato o di Dio, ciò che non è per nulla più rassicurante. Non è dunque meglio per l'uomo, cittadino e padre di famiglia, invece di dipendere dall'assolutismo divino o governativo, dipendere dal potere assoluto personale, dalla propria coscienza?

Ho detto che nessun argomento potrebbe a priori negare la proprietà, e che per conseguenza è perfettamente lecito vedere nella sua istituzione, in linea di principio, un'ipotesi altrettanto plausibile di quella del possesso; rimane soltanto da paragonarli l'un l'altro nella loro costituzione e giudicarli secondo le loro conseguenze.

Da quanto si è detto risultano dunque due cose, secondo me importantissime: la prima è che la ragione immanente che governa la società, la Provvidenza sociale, per dir così, procedendo da una concezione assolutista per fondare il possesso della terra, o proprietà condizionata e ristretta, ha ben potuto, senza contraddirsi, fare intervenire l'assoluto in una forma più immediata e più diretta istituendo la proprietà e facendo del cittadino il simile e l'eguale del principe. La seconda è che, secondo ogni probabilità, l'istituto della proprietà non è stato mai proposto in un consiglio umano. Non sarebbe mai potuto venire alla mente di un filosofo, di un magistrato, di un sacerdote; sarebbe sembrato a tutti la più grande delle empietà, per non dire la più solenne iniquità.

L'uomo arrogarsi la sovranità della terra che il Creatore ha fatto e gli ha dato! terram autem dedit filiis hominum! Il coltivatore erigersi a Dio, il possessore a proprietario! Quale sacrilegio! L'idea di un simile crimine sarebbe sembrata degna della massima pena. La religione dei popoli ne avrebbe affiancato l'autore ai grandi condannati: Issione, Tantalo, Salmoneo, Teseo, Prometeo, se egli fosse potuto essere un uomo. Perciò la vediamo insinuarsi senza essere scorta sotto il rispettato manto del possesso. Una volta stabilitasi, resa forte da quella stessa religione di cui aspirava alle prerogative, la vediamo svilupparsi ed estendersi e, con la stessa buona fede che la fece ammettere da principio, ottenere una preferenza sempre più marcata e trionfare dell'istituto rivale.

3. – A datare dalla Legge Licinia, il popolo si fa sempre più ammettere alle partizioni delle terre conquistate, ma sempre, ben inteso, a titolo di possesso. Nello stesso tempo, osserva acutamente Laboulaye, aumenta la potenza del popolo; essa eguaglia e finisce per superare la forza dei patrizi. I plebisciti divengono leggi dello Stato. Così fu disposto nel 337 da Publio Filone. E come il possesso della terra era stato l'indice e il fondamento della potenza politica per l'aristocrazia, così lo divenne

per la plebe. Nella repubblica ciò significava una rivoluzione, alla quale naturalmente il patriziato dovette opporsi con tutte le sue forze.

A questa classe superba sono stati rimproverati l'avarizia, la crudeltà, il culto fanatico del privilegio, e in tutto ciò è molto di vero. Ma non mi sembra che si sia tenuto il debito conto di una cosa nei riguardi dei patrizi; essi difendevano principî fondamentali, e se resistevano a ciò che noi oggi chiamiamo progresso, e di cui a Roma certamente nessuno aveva la minima idea, essi avevano dalla loro la logica; essi soltanto erano i veri conservatori della repubblica.

In ciò che riguarda il suolo, per esempio, i patrizi potevano dire che, essendo stata abolita la monarchia, il patriziato l'aveva sostituita; che la sovranità era in esso ed era pertanto naturale che a loro spettasse il dominio eminente; che di conseguenza solo ad essi toccavano le terre conquistate, come nei tempi precedenti sarebbero state assegnate al re; che i plebei non potevano essere che i loro coloni, i loro fittavoli; che ammetterli, come si faceva, ex aequo alla partizione dell'ager publicus, significava sovvertire tutti i rapporti sociali e politici, fare di ogni persona un sovrano; che il titolo di possesso, dato a queste terre, era illusorio, poichè le concessioni erano irrevocabili; che il plebeo dicendosi coltivatore dello Stato non era sottoposto ad alcun canone, e che salvo l'omaggio allo Stato, egli disponeva del suo possesso come il patrizio della sua proprietà; in breve che chiamare al possesso fondiario la moltitudine, la quale ne vedeva i vantaggi materiali, ma non ne comprendeva i doveri, significava avvilire la nobiltà e perdere la repubblica. Se non furono queste le parole dei nobili fu certamente questa l'ispirazione.

Già si cominciava a prevedere che la plebe, non meno avida dell'aristocrazia, ma molto meno gelosa delle libertà civili e della costituzione, la plebe, materialista e sensuale, avrebbe fatto leggi a buon mercato e avrebbe ucciso la repubblica.

4. – L'opposizione del senato fu impotente, e così doveva essere. Le sue osservazioni erano giuste ma non rispondevano punto al seguente argomentare, semplice e pressante, del partito plebeo: anche noi vogliamo essere liberi; anche noi non intendiamo dipendere che dalla legge; anche noi rivendichiamo il diritto alla terra come abbiamo rivendicato il diritto alla religione. Perchè dovremmo restare senza culto, senza altari e senza dei, a differenza dei vostri? Perchè, dal momento che abbiamo il culto e la famiglia, non dovremmo avere, come voi l'avete, la terra che è garanzia di inviolabilità? Pretendete fare per sempre le vostre amanti con le nostre figlie, come fece Appio con Virginia, i vostri mignoni con i nostri figli, come fece Papirio? La risposta era fulminante e a bruciapelo; perciò la vittoria del popolo non fu mai dubbia.

Nel 286, nuova distribuzione di terra al popolo e abolizione dei debiti da parte del dittatore Ortensio. Ogni cittadino povero ebbe sette jugeri.

Nel 133 compaiono i Gracchi, ma soccombono nella loro lotta contro l'aristocrazia. La plebe, non aspettandosi più nulla dai metodi legali, si mette al servizio degli ambiziosi. Silla distribuisce terre a quarantasette legioni; Cesare segue le tracce di Silla e sistema centoventimila legionari. Antonio e Ottavio imitano il suo esempio e la terra diventa così la moneta con cui il dispotismo paga i suoi favoreggiatori. Circa l'anno 90 avanti Cristo erano stati conferiti i diritti politici ai latini, e qualche anno più tardi a tutta la penisola; il dominio quiritario si è esteso a tutta l'Italia di cui Roma allora non è che la capitale.

5. – Con l'impero l'aerarium, il tesoro pubblico, è sostituito dal fiscus, tesoro del principe. Cominciano gli attacchi alla proprietà quiritaria. Augusto stabilì l'imposta sulle successioni e sulle appropriazioni. Se Caracalla conferisce, nell'anno 212 dopo Cristo, il diritto di cittadinanza alle province è allo scopo di poter imporre loro le imposte judicate che già pesavano sull'Italia, pur lasciandole gravate dall'imposta fondiaria, che era loro particolare. Secondo le concezioni romane, questa imposta era una contraddizione: essa avrebbe indicato un rapporto di soggezione ed era riservata alle province che non avevano il dominium. Ma la sostituzione dell'impero alla repubblica ha talmente trasformato le concezioni vigenti che Massimiano finì per stabilire l'imposta fondiaria anche in Italia.

Il dominio imperiale, che sostituì l'ager publicus come il fisco aveva sostituito l'arearium, è immenso ma incolto. Allo scopo di rendere produttiva la terra e di richiamarvi la popolazione, gli imperatori concedono a titolo di possesso parte del loro dominio con talune esenzioni fiscali. Costantino istituisce il colonato: condizione intermedia fra la proprietà e la schiavitù, che è l'analogo e l'origine di ciò che più tardi fu chiamato servaggio della gleba. L'imposta fondiaria e la concorrenza degli schiavi scoraggiano la piccola proprietà, tanto che sotto Onorio c'erano nella sola Campania 528.042 jugeri di terre abbandonate.

Le concessioni fatte sul demanio imperiale, come in seguito sulle terre della Chiesa, aspirano alla forma dell'enfiteusi: emphyteusis, innesto (di uomini). I barbari, col solo obbligo del servizio militare, sono ammessi in massa all'enfiteusi, che allora prende il nome di benefizio.

6. – Fu dunque l'impero che condusse i barbari in Italia e dovunque dopo averne distrutto gli abitanti, fu l'impero che uccise la proprietà e che dovette in seguito sostituirla con il colonato, l'enfiteusi, il benefizio, preludendo così al feudalesimo. «Fra l'impero integralmente latino e le monarchie barbare – disse Châteaubriand – vi è un impero romano barbarico che ha durato circa un secolo prima che fosse deposto Augustolo. Ciò non è stato mai osservato, e spiega perchè al momento della fondazione dei regni barbarici, nulla sembrò cambiato nel mondo; erano sempre gli stessi uomini e gli stessi costumi.

Insieme al diritto di proprietà l'impero attaccò anche la potenza del padre di famiglia. Augusto istituì il peculium castrense. Traiano, Adriano, Alessandro Severo e Costantino, Teodosio, Arcadio e Onorio, e Giustiniano accordarono il diritto di succedere al patrimonio della madre. Lo stato delle donne fu trasformato: esse non furono più sotto la tutela agnatizia. Il vecchio diritto era troppo rigoroso per esse, ma quello imperiale troppo rilasciato: il primo le faceva schiave ma il secondo le rende estranee alla famiglia. In forza di queste trasformazioni della legge, la famiglia non è più considerata come un complesso inviolabile e i figli appartengono allo Stato prima che al padre; essi hanno un peculio, una proprietà, obbligazioni e diritti. Quindi restrizioni al testamento: creazione della legittima, cioè fusione in una stessa eredità della successione ab intestato con la successione testamentaria.

7. – Anche in questo caso il vecchio diritto, ispirato al culto domestico era troppo rigoroso; ma il nuovo, anche esso lontano della giusta misura, divenne troppo rilasciato e degenerò in una specie di comunismo statalista. La famiglia perì e non doveva più risorgere. Inutilmente le leggi Julia e Papia Poppaca accordano incoraggiamenti al matrimonio e colpiscono con penalità il celibato, perchè ci sarebbe invece voluta una legge agraria, una riduzione delle imposte e delle milizie, e la libertà. Lo scopo non viene raggiunto e la promiscuità prende il sopravvento. Il legislatore è obbligato a riconoscere il concubinato, che a sua volta anche il concilio di Toledo volle autorizzare: «Si quis

habens uxorem fidelem concubinam habet, non communicet. Coeterum qui non habet uxorem, et pro uxore concubinam habet, a communione non repellatur: tantum ut unius mulieris, aut uxoris, aut concubinae, ut ei placuerit, sit conjunctione contentus: Se uno, avendo una sposa fedele, prende una concubina, sia scomunicato. Tuttavia chi non ha moglie e prende una concubina, non sia scomunicato, purchè si contenti di una sola donna, sposa o concubina, a suo piacimento». La legge imperiale, essendo così passata nella Chiesa, si ritrova ancora nelle leggi longobarde e franche.

Così tutte le previsioni dell'aristocrazia si realizzarono. La plebe, chiamata al possesso fondiario ma incapace di comprenderne i doveri, lasciò libero campo al despotismo, sacrificando tutto agli interessi materiali. Insieme con l'antico regime della proprietà perirono repubblica e libertà, famiglia e matrimonio. Come osservò più tardi Giustiniano, da quando Caracalla ammise al dominio quiritario, privilegio dell'Italia, tutte le province dell'impero, la distinzione fra possesso e proprietà divenne nulla.

Si vede bene che l'idea della proprietà non è venuta da sè alla plebe, ma le fu inoculata dai padri coscritti, fondatori della repubblica, s'inserì nelle coscienze insieme alla nozione del diritto e alla religione.

In principio il popolo non esigeva il dominio quiritario, ma si contentava di un semplice possesso, che domandava come garanzia di libertà, moralità, giustizia e ordine. Non fu sua colpa se il possesso in seguito si confuse con la proprietà, fu la conseguenza degli avvenimenti della storia, che è irrevocabile.

8. – Caduto l'impero, le orde germaniche dilagano da ogni parte sul suolo quiritario e se lo dividono. La terra è considerata come un bottino; viene divisa in lotti e assegnata a sorte. Immediatamente, quasi per ispirazione dall'alto, i conquistatori rinunciano alla loro forma tradizionale di possesso adottando il principio di proprietà. Infatti, presso i Germani, come leggiamo in Tacito, la terra, divisa secondo il ceto, restava a semplice titolo di possesso. «Agri, pro numero cultorum, ab universis per vices occupantur, quos mox inter se secundum dignationem partiuntur: facilitatem partiendi camporum spatia praestant. Arva per annos mutant, et superest ager: nec enim cum ubertate et amplitudine soli labore contendunt, ut Paucaria conserant, et prata separent, et hortos rigent: sola terrae seges imperatur. Unde annum quoque ipsum non in totidem digerunt species; hiems, et ver, et aestas intellectum et vocabula habent; autumni nomen perinde ac bona ignorantur».

La premura dei conquistatori nell'assumere le leggi, i costumi, le istituzioni e le arti dell'impero è importante per molti motivi: per quanto riguarda la proprietà indica la buona fede delle masse e la convinzione che questa forma di possesso fosse migliore di quella che avevano praticato fino allora. L'antica proprietà era stata subordinata e parodiata dal regime imperiale ; l'occupazione seguita alla conquista fu, sotto molti riguardi, una liberazione del suolo. Se in quel tempo non fossero esistiti che barbari, l'intero impero si sarebbe ripopolato di proprietari coltivatori, possedenti chi più chi meno, secondo il rango. Ma c'erano anche schiavi, coloni (servi della gleba), enfiteuti, beneficiari, e perciò i nuovi venuti non fecero altro che seguire la via tracciata dagli imperatori. «L'amministrazione degli Ostrogoti, dice Laboulaye, fu simile a quella dell'impero, tanto che Cassiodoro poteva credersi tornato ai più bei secoli dei Cesari».

Nei primi tempi romani e barbari vivono a fianco, ciascuno con le proprie abitudini e i propri costumi. I Germani, dividendo la terra, mantengono il loro legame associativo: le città sono lasciate ai romani, ma la campagna viene suddivisa in cantoni, i cantoni in centurie, le centurie in decurie, le decurie in case private; quello che rimase al di fuori di questa sistemazione è proprietà comune o marca confinaria. Ogni cantone è capeggiato da un conte, ogni centuria da un centurione, ogni decuria da un decenario, ognuno con una propria giurisdizione come il conte. È come nella proprietà quiritaria, in cui il padre di famiglia è re e capo di tutti i suoi. Eccoci ritornati in pieno alla proprietà romana sotto il nuovo nome di allodio; ma non è il barbaro che ha creato tutto ciò, perchè egli si è limitato, in tutto, a dare il nome. Non è possibile disconoscere la spontaneità tutta germanica di quella organizzazione, perchè la libertà vi si ritrova senza dubbio, ma se stabilite in essa un legame di subordinazione, ecco fatto il feudalesimo. Orbene, la subordinazione è romana, imperiale e soprattutto cristiana. Col passar del tempo, avvenendo la fusione tra vincitori e vinti, si ha il presentimento che avverrà una trasformazione.

9. – Sotto l'influenza del cristianesimo, che considera la proprietà come istituzione del paganesimo e conseguenza del peccato originale, si manifesta un movimento di accentuata reazione. La Chiesa comincia a diventare grande proprietaria. Benedetto, fondatore dell'Abbazia di Monte Cassino, contemporaneo di Giustiniano, dà il segnale dell'accaparramento. In ogni luogo la piccola proprietà, troppo debole, si cambia in mille diverse forme di possesso. In ognuna di queste si riconosce lo spirito della Chiesa: nel colonato e nel servaggio, nell'enfiteusi e nella commendazione, nell'uso revocabile e nel beneficio, nella gerarchia nobiliare, nell'esenzione dal servizio militare di cui godeva la Chiesa e per cui i piccoli proprietari ambivano a mettersi sotto la protezione degli abati e dei vescovi.

Carlo Magno, in quanto capo del potere temporale, resiste a questa tendenza e la condanna nei suoi Capitolari. Ma anche egli si contraddice: mentre egli tuona contro il clero, che accaparra la terra col pretesto di restituirla al Signore e converte l'allodio in beneficio, moltiplica più che può, nella sfera della sua azione, quegli stessi benefici, e si profonde in minacce contro quei nobili che, dopo avere venduto il beneficio avuto dal re, lo riscattano come un bene allodiale all'assemblea cantonale. Difensore della libertà e del progresso di fronte alla Chiesa, Carlo Magno si mostra retrogrado di fronte ai suoi guerrieri, svolgendo attraverso i beneficî una sua politica di accentramento. Il suo sistema è un vasto comunismo, rivale di quello della Chiesa, ma esistente solo in abbozzo e che crolla con la sua morte.

Del resto tutti facevano la stessa politica incerta. La morte di Carlo Magno fu contemporaneamente il segnale di trionfo dei grandi feudatari, che domandavano alla monarchia l'indipendenza e la ereditarietà (che era come dire la trasformazione del beneficio in allodio) e dei piccoli proprietari, i cui allodi furono trasformati in feudi dai grandi beneficiari, divenuti grandi proprietari. Carlo Magno non ha fondato solidamente che la teocrazia papale, la quale è poi durata finchè la devozione dei popoli l'ha sostenuta.

Senza dubbio in questa richiesta della proprietà c'è molto egoismo, molta indisciplina e, nei riguardi del prossimo, molta malafede. Ma il fine è sempre lo stesso e non ha nulla in sè di biasimevole: la garanzia della libertà e del diritto. Se i piccoli proprietari, disperando di sostenersi da soli, fanno donazione della loro proprietà al vescovo, al conte, all'abate, che poi gliela restituiscono a titolo di beneficio, feudo, uso precario, o vassallaggio, ciò non indica che essi ripudino la proprietà, ma bensì che essa, così com'era, non aveva importanza sufficiente a farli difendere, da soli e con essa sola. È questione di forza e non di principio. Parimenti si nota che il feudalesimo si prepara a distruggersi fin dal principio per l'idea che gli si accompagna fatalmente, che lo sottintende, ma lo contraddice: l'idea allodiale.

10. – Da principio ogni piccolo proprietario di allodio, obbligato a darsi un signore, sceglie il più potente che si trova alla sua portata, il che condusse alla subordinazione di tutti gli allodi divenuti feudi, ad un unico signore, il re. In seguito si forma, sotto la protezione del re, una coalizione di popolani industriosi, contro i vescovi e i nobili, che è il comune. Tutto ciò si svolge tanto bene che nel secolo di Luigi XV non vi era che un solo grande proprietario, più fittizio che reale, il re, dominante una nazione di usufruttuari privilegiati per diversi titoli, nobili, chierici, borghesi, contadini. Viene adesso la Rivoluzione e tutti a gara, scuotendo quell'ultimo e mostruoso dispotismo, ritorneranno chi più chi meno, come la plebe di Cesare, proprietari.

Così da prima del regno dei Tarquini, dai tempi stessi di Romolo, 754 anni prima della nostra era noi vediamo la proprietà, diritto dei quiriti, dominio eminente, allodio, introdotta clandestinamente, per dir così, sotto specie di possesso, divenire insensibilmente, a torto o a ragione, (proprio questo resta a sapere), la formula, l'indice e il pegno della libertà dell'uomo, dell'inviolabilità della famiglia, della sicurezza del produttore e in una parola di tutto ciò che costituisce l'essenza del diritto. È l'assoluto, l'incondizionato, preso per elemento politico, fondamento dei costumi, strumento e organo della società.

L'Umanità, impegnandosi in questa via dello assolutismo, ha forse seguito una strada sbagliata? la proprietà è veramente una creazione spontanea della società o una aberrazione dell'appetito irascibile delle masse, che credono di trionfare dell'assolutismo rendendolo universale e, per sottrarsi all'arbitrio del principe, non immaginano niente di meglio che opporgli il loro proprio arbitrio? Poichè la questione non è stata ancora posta così radicalmente, i fatti possono sembrare dubbi. Non ci resta di conseguenza che assicurarci del loro significato.

Capitolo V

LA NUOVA TEORIA DELLA PROPRIETÀ

1. La ragione giustificativa della proprietà ricercata nei suoi fini, desunti dai suoi stessi abusi – 2. La proprietà non connessa ad alcuna forma di governo e diretta, nei suoi rapporti con lo Stato, dall'egoismo – 3. Funzione politica della proprietà è quella di bilanciare il potere dello Stato e assicurare la libertà individuale – 4. Proprietà feudale suoi aratteri fondamentali – 5 Proprietà allodiale – 6. Funzione della proprietà nella legislazione politica e civile francese – 7. Abusi della proprietà dal punto di vista economicosociale – 8. Frazionamento della proprietà e mobilizzazione del suolo – 9. Perchè la proprietà è sottoposta al minimo possibile di regolamentazione – 10. Il proprietario secondo i fini e lo spirito informatore della proprietà.

1. – La filosofia ha vinto da tre secoli molte istituzioni e molte credenze: potrà lo stesso contro la proprietà? Se la mia opinione può essere in questo caso di qualche peso, oso rispondere che non ne farà niente. La giurisprudenza non ha afferrato fino ad ora le cause o i motivi della proprietà, perchè la proprietà, così come ci si è rivelata nel suo fondamento e nella sua storia, è una creazione spontanea della collettività, di cui niente potrebbe svelare l'ispirazione e la ragione; perchè, d'altra parte, essa è ancora in via di formazione e nei suoi riguardi l'esperienza è incompleta; perchè fino a questi ultimi anni il dubbio filosofico non l'aveva che timidamente colpita, e perchè bisognava anzitutto distruggerne la religione; perchè in questa fase essa ci appare piuttosto come una forza rivoluzionaria che come una ispirazione della coscienza universale, e se essa ha rovesciato molti dispotismi e livellate molte aristocrazie, non si può dire in definitiva che abbia fondato qualche cosa.

È venuto il momento in cui la proprietà deve o giustificarsi o sparire; se ho ottenuto, or son venti anni, qualche successo con la critica che ne ho fatto, spero che il lettore non sarà meno favorevole a questa interpretazione di oggi.

Osserverò da principio che se vogliamo raggiungere uno scopo con le nostre ricerche è di assoluta necessità abbandonare la strada in cui i nostri predecessori si sono smarriti. Per rendere ragione della proprietà sono risaliti alle origini, hanno scrutato e analizzato i principî, hanno invocato i bisogni della personalità e i diritti del lavoro, e hanno fatto appello alla sovranità del legislatore. Ciò significava mettersi sul terreno del possesso. Si è visto al Capitolo III, nel riassunto critico di tutte le controversie che noi abbiamo fatto, in quali paralogismi siano caduti gli autori.

Solo lo scetticismo poteva essere il frutto dei loro sforzi; e lo scetticismo è oggi in materia di proprietà la sola opinione seria che esista. Bisogna cambiar metodo. Non è nel suo principio o nelle sue origini, nè nel suo contenuto che bisogna cercare la ragione della proprietà; sotto tutti questi aspetti la proprietà, ripeto, non può darci null'altro che il possesso. La ragione della proprietà va cercata nei suoi fini.

Ma come trovare il fine di una istituzione di cui si dichiara inutile esaminare il fondamento, l'origine e il contenuto? Non significa porsi volontariamente un problema insolubile? Infatti la proprietà è assoluta, incondizionata, jus utendi et abutendi, a costo di non esistere affatto.

Ma chi dice assoluto dice indefinibile, esprime un concetto che non è conoscibile nè dai suoi limiti, nè dalle sue condizioni, nè dal suo contenuto nè dalla data della sua apparizione. Sarebbe un aggirarsi in un circolo vizioso e mettersi in contraddizione se cercassimo i fini della proprietà in ciò che possiamo sapere dei suoi inizi, del principio spirituale in cui consiste, delle circostanze in cui si manifesta. E nemmeno è possibile addurre in causa i benefîcî di cui viene stimata cagione, poichè questi benefici sono gli stessi del possesso, che non conosciamo perfettamente; mentre nulla prova che noi non possiamo procurarci benefici uguali e maggiori con altri mezzi.

Anche qui, per la seconda volta, dico che bisogna cambiar metodo ed avviarsi per una nuova strada, finora sconosciuta. L'unica cosa che sappiamo della proprietà e per la quale possiamo distinguerla nettamente dal possesso è che essa è assoluta e abusiva; benissimo: appunto nel suo assolutismo, e nei suoi abusi, per non dire peggio, dobbiamo cercare il suo fine.

Non fatevi spaventare, cari lettori, da questi nomi odiosi abuso e assolutismo. Qui non si tratta certo di legittimare ciò che è riprovato dalla vostra coscienza incorruttibile nè di sviare la vostra ragione nelle sfere trascendentali. È una questione di pura logica e poichè la ragione collettiva, nostra comune signora, non si è ancora sgomentata dell'assolutismo proprietario, perchè dovrebbe scandalizzarsi di più la vostra ragione particolare? O avreste per caso vergogna della vostra personalità? Talune menti, o per eccesso puritano o per pochezza d'ingegno, concepiscono l'individualismo come l'antitesi del pensiero rivoluzionario; il che equivale a scacciare in tutta franchezza l'uomo e il cittadino dalla repubblica. Suvvia, siamo meno timidi. La natura ha fatto l'uomo personale, cioè insubordinato; ma la società a sua volta, senza dubbio per non rimanere debitrice, ha istituito la proprietà; per terminare la triade, poichè secondo Pietro Leroux ogni verità si manifesta in tre termini, l'uomo, soggetto ribelle ed egoista, s'è votato a tutte le fantasie del suo libero arbitrio.

Noi dobbiamo vivere con questi tre grandi nemici: la Rivolta, l'Egoismo e l'Arbitrio; ma sulle loro spalle, come sul dorso di tre cariatidi, eleveremo il tempio della Giustizia.

Tutti gli abusi di cui la proprietà si può rendere colpevole – e sono gravi e numerosi – si possono raggruppare in tre categorie, a seconda del punto di vista da cui si considera la proprietà: abusi politici, abusi economici, abusi morali. Esamineremo l'una dopo l'altra queste diverse categorie di abusi e da essi dedurremo i fini della proprietà, cioè la sua funzione e la sua missione sociale.

2. – Considerata nelle sue tendenze politiche e nei suoi rapporti con lo Stato la proprietà tende a fare del Governo nè più nè meno che un suo strumento di produzione.

Per quanto riguarda il sistema di governo, monarchico, democratico, aristocratico, costituzionale o dispotico, la proprietà è per sua natura pienamente indifferente: essa vuole soltanto che lo Stato e la cosa pubblica siano orientati verso i suoi interessi, e che il governo da essa derivi e per essa funzioni, a suo arbitrio ed utile. Al di fuori di ciò poco le interessa la divisione dei poteri, la proporzionalità dell'imposta, l'educazione delle masse, il rispetto per la giustizia ecc. Prima di tutto che il governo sia sua creatura e suo schiavo; altrimenti dovrà cadere. Nessuna potenza può competere con essa, nessuna dinastia è sacra, nessuna costituzione inviolabile. Una delle due: o la proprietà regna e governa a modo suo, o diventa anarchica e regicida.

Romolo, primo autore della divisione fondiaria e fondatore del dominio quiritario, è fatto sparire dai patrizi; e ciò per sua colpa. Perchè mai, dal momento che voleva sottomettere a sè l'aristocrazia, la rese indipendente, e le dette una forza maggiore, conferendo a ciascun nobile un titolo eguale al suo, quello di proprietario?

Servio Tullio aspira alla popolarità e cerca un appoggio nella moltitudine. Il suo successore, Tarquinio il Superbo, continua questa politica e minaccia i capi dell'aristocrazia.

Ma i Tarquini sono cacciati e la monarchia è vinta dalla proprietà. Da questo momento, e fino alla legge di Licinio Stolone, nel 376, a Roma lo Stato non è altro che un nuovo mezzo di sfruttamento nelle mani del patriziato. La plebe è ridotta in servitù e la costituzione dello Stato si riduce interamente ai privilegi dei patrizi ed è per il resto perfettamente arbitraria. Lo dimostra la risoluzione presa nel 450 a C., di inviare ad Atene alcuni commissari per studiare le leggi greche. Si aveva un bel distribuire, di tempo in tempo, terre alla plebe, togliendole all'ager publicus; il servizio militare e gli oneri pubblici rovinavano nuovamente il plebeo, costringendolo a vendere, in modo che la terra ritornava ai ricchi. Tuttavia a causa della natura egoistica ed anarchica della proprietà, nascono fra gli aristocratici gelosie intestine e divisioni. Siccome nel medesimo tempo la plebe era cresciuta di numero e la legge Licinia l'aveva ammessa alla partizione delle terre conquistate, la proprietà finì per rivolgersi contro sè stessa, il che provocò il trionfo del partito plebeo. In nessun caso, senza quel possesso, che era tale solo di nome, il partito plebeo avrebbe ottenuto la terra senza l'anarchia dei proprietari.

La conversione dei beneficî in allodî sovvertì la potenza dei Carolingi; al contrario la trasformazione dell'allodio in feudo instaurò gradatamente la servitù feudale.

Il nobile, per orgoglio, disprezzando il volgo si affeziona al suo feudo e disdegna la proprietà allodiale. La legge della primogenitura contribuisce inoltre all'inamovibilità del feudo. Il borghese segue il diritto romano; l'istituto dell'allodio si coalizza con il re contro il feudo, che dovunque soccombe. In Inghilterra le cose si svolgono diversamente, ma sempre secondo la stessa legge. I baroni, minacciati dal potere reale, afferrano l'occasione che si offre per la debolezza del re Giovanni, detto Senza Terra, e gli strappano la Magna Charta, fondamento di tutte le libertà inglesi; quindi, coalizzandosi con i comuni, il feudo e l'allodio, dominano definitivamente la corona. Con ciò si chiarisce la costituzione e tutta la storia dell'Inghilterra.

Oggi, la proprietà industriale, unita a quella parte del suolo posseduta dalla borghesia, controbilancia il potere aristocratico, e da ciò deriva la superiorità della Camera, dei Comuni sulla Camera Alta. Dove si trova la più grande quantità di ricchezza unita alla maggiore libertà di azione, là è la massima forza. Ma la proprietà feudale, benchè decaduta, non è però annientata; al contrario, anzi, la sua conservazione è divenuta un elemento politico della società inglese. Perciò l'Inghilterra è ad un tempo monarchica, aristocratica e borghese: essa sarà democratica come la Francia il giorno in cui i patrimoni nobiliari saranno resi divisibili e alienabili per legge, e sarà abolita la primogenitura, come avviene per le proprietà allodiali.

È noto come abbia operato la Rivoluzione Francese. Liquidazione e vendita, a titolo di proprietà allodiale, di un terzo del territorio; abolizione di tutti i diritti feudali, abolizione della primogenitura; trasformazione dei feudi non venduti in proprietà allodiale: ecco ciò che ha fatto diventare la Francia una democrazia.

Nel 1799 la nuova proprietà si fa viva con un colpo di Stato e abolisce la repubblica. Quattordici anni dopo, malcontenta dell'imperatore Napoleone che aveva cercato di moderarla, lo abbatte e decide la caduta del sistema imperiale. Fu la proprietà che nel 1830 fece cadere Carlo X e fu ancora essa che nel 1848 provocò la caduta di Luigi Filippo. L'alta borghesia, o grande proprietà, era divisa; la classe media, o piccola proprietà, era in agitazione; un pugno di repubblicani, seguiti da alcuni popolani, decise la cosa. Essendo stato espulso Luigi Filippo, la logica voleva che il potere passasse ai repubblicani. Ma logica non fa forza: la proprietà, sorpresa in un primo momento, corse subito ai ripari e per la seconda volta si sbarazzò della repubblica. Poichè la plebe non aveva nulla, la democrazia fondava sul nulla. Come quello del 18 brumaio, il colpo di Stato del 2 dicembre è riuscito grazie all'appoggio della proprietà. Luigi Napoleone non fece altro che anticipare il voto della borghesia, tanto più certo del successo in quanto la plebe vedeva in lui un difensore contro lo sfruttamento borghese.

È dunque dimostrato che la proprietà, per sè stessa, non è ancora connessa ad alcuna forma di governo, non è vincolata a nessun legame dinastico o giuridico, e che tutta la sua politica si riduce a una parola: lo sfruttamento, oppure l'anarchia; che essa è per ogni potere il più formidabile nemico o il più perfido amico. In poche parole, nei suoi rapporti con lo Stato, essa è guidata da un solo principio, da un solo sentimento, da una sola concezione: l'interesse personale, l'egoismo. Ecco in che consiste, dal punto di vista politico, l'abuso della proprietà. Chiunque indagasse ciò che essa è stata in tutti i paesi dove la sua esistenza è stata più o meno riconosciuta, a Cartagine, ad Atene, a Venezia o Firenze, la ritroverebbe sempre eguale. Al contrario chi studia gli effetti politici del possesso o del feudo, troverà sempre il risultato opposto. È stata la proprietà che ha creato la libertà, poi l'anarchia e infine la decadenza della democrazia in Atene; è stato il comunismo che sostenne la tirannia e il conservatorismo della nobile Sparta, travolta da un mare di guerre e perita con le armi in mano.

Questo è il motivo per cui ogni regime, ogni utopia e ogni Chiesa diffida della proprietà. Senza parlare di Licurgo e di Platone che la respingono dalle loro repubbliche, al pari della poesia, vediamo i Cesari, capi della plebe, i quali, benchè avessero vinto per ottenere la proprietà, appena in possesso della dittatura attaccarono il diritto quiritario in ogni modo. Questo diritto quiritario era il privilegio del popolo romano. Augusto l'estese a tutta l'Italia e Caracalla a tutte le province. Si combatte la proprietà con la proprietà; è una politica a contrappesi. In seguito si attacca la proprietà con imposte; Augusto istituisce l'imposta sulle successioni del cinque per cento e dopo un'altra imposta sulle appropriazioni dell'uno per cento: più tardi vengono istituite imposte indirette.

A sua volta il cristianesimo attacca la proprietà con i dogmi; i grandi feudatari col servizio di guerra. Le cose arrivano ad un punto tale che sotto gli imperatori i cittadini rinunciano alla loro proprietà e alle loro funzioni municipali, e che sotto i barbari, dal sesto al decimo secolo i piccoli proprietari di allodi considerano come una fortuna per essi potersi aggregare ad un signore. In poche parole la proprietà per la sua propria natura si mostra così temibile al potere pubblico che questo si sforza di scongiurare il pericolo premunendosi contro di esso. La proprietà viene frenata dal timore della plebe, dagli eserciti permanenti, dalle divisioni, dalle rivalità, dalla concorrenza; con leggi restrittive di ogni sorta, con la corruzione. Di conseguenza a poco a poco essa si riduce a non essere altro che un privilegio di oziosi: arrivata a questo punto la proprietà è domata, perchè il proprietario da barone o guerriero è diventato un borghesuccio, traballa e non conta più niente.

Considerato tutto ciò, possiamo concludere che la proprietà è la più grande forza rivoluzionaria che esista e che possa opporsi allo Stato. La forza per se stessa non può essere detta nè benefica nè malefica, nè abusiva nè non abusiva, perciò essa è indifferente all'uso per cui la si impiega; quanto essa si mostra distruttiva altrettanto può divenire conservatrice; se qualche volta sfocia in risultati sovversivi invece di diffondersi con risultati utili, la colpa è di coloro che la dirigono e che sono altrettanto ciechi quanto essa.

3. – Lo Stato costituito nella forma più razionale e più liberale e animato dalle intenzioni più giuste è anch'esso una grande potenza capace di schiacciare tutto attorno a sè, ove non gli si ponga un

contrappeso. E quale può essere questo contrappeso? Lo Stato deriva tutta la sua potenza dalla adesione dei cittadini. Lo Stato è la riunione degli interessi generali appoggiata dalla volontà generale e servita, al bisogno, dal concorso di tutte le forze individuali. Dove trovare una potenza capace di controbilanciare questa formidabile potenza dello Stato? Non v'è che la proprietà. Calcolate il complesso delle forze proprietarie: raggiungerete una potenza uguale a quella dello Stato. Perchè, vi domanderete, questo contrappeso non si potrebbe trovare anche nel possesso o nel feudo? Perchè il possesso, come il feudo, è anch'esso una dipendenza dello Stato, è compreso nello Stato e per conseguenza invece di opporglisi, lo sostiene; il possesso pesa sullo stesso piatto della bilancia in cui è lo Stato e quindi, invece di produrre equilibrio, non fa che aumentare il peso del potere del governo. In un tal sistema lo Stato è da una parte con tutti i cittadini, e nulla vi è dall'altra parte. È l'assolutismo statale nella sua espressione più alta e in tutta la sua inamovibilità. Così intendeva Luigi XIV, il quale non solo era in perfetta buona fede, ma aveva anche, secondo il suo punto di vista, la logica e la giustizia dalla parte sua, quando pretendeva che in Francia tutto, persone e cose, dipendesse da lui.

Luigi XIV negava la proprietà assoluta; egli non ammetteva sovranità che nello Stato rappresentato dal re. Affinchè una forza possa tenere in rispetto un'altra forza bisogna che esse siano reciprocamente indipendenti, che siano sempre due e non possano mai unificarsi. Affinchè il cittadino sia qualcosa nello Stato non basta dunque che sia libero della sua persona, ma bisogna che la sua personalità si fondi, come quella dello Stato, su una porzione di materia che possiede in piena sovranità come lo Stato ha la sovranità del demanio pubblico. Questa condizione è ottenuta dalla proprietà.

Servire da contrappeso al potere pubblico, bilanciare lo Stato e in questo modo assicurare la libertà individuale: tale sarà, dunque, nel sistema politico la funzione principale della proprietà. Sopprimete questa funzione, oppure, il che sarebbe lo stesso, togliete alla proprietà il carattere assolutistico che le abbiamo attribuito e che la distingue; imponetele condizioni e dichiaratela non cedibile e non divisibile: subito essa perde ogni sua forza e non conta più nulla; essa ridiventa un semplice beneficio: un possesso precario, una dipendenza dello Stato senza possibilità di azioni contrarie.

Dunque il diritto assoluto dello Stato si trova in lotta col diritto assoluto del proprietario. Bisogna seguire da vicino siffatto contrasto.

4. – Generalmente là dove lo Stato non trae origine da una conquista come in Francia dopo l'invasione dei barbari, il primo a stabilirsi è l'assolutismo dello Stato: il diritto divino deriva dal patriarcato. Dal Cielo è venuto il patto sociale; Dio ha istituito il sacerdozio e la monarchia e tutto deve far capo ai suoi vicari. Risultato di questa concezione è la subordinazione dell'uomo, la struttura gerarchica della società, l'esclusiva attribuzione del dominio eminente al principe. Da ciò deriva una prima forma di proprietà conosciuta sotto il nome di proprietà feudale o feudo, nella forma datale dalla Chiesa nel medioevo.

I caratteri fondamentali di questa forma di proprietà sono:

a) La dipendenza (perchè ogni terra appartiene al re, o all'imperatore);

b) La primogenitura;

c) L'immobilità o inalienabilità;

d) Per conseguenza, la tendenza all'ineguaglianza.

Nello stesso ordine di idee si sviluppano in seguito, per quanto riguarda lo sfruttamento delle terre e il sistema d'imposte: l'enfiteusi, l'affitto con canone o a soccida, le servitù rustiche, la decima, la manomorta e tutte le prestazioni ai signori, il servaggio della gleba.

Questa forma di proprietà comporta una speciale forma di organizzazione politica, la gerarchia delle classi e dei gradi, in una parola tutto il sistema del diritto feudale.

Ma presto l'assolutismo proprietario reagisce contro l'assolutismo imperiale, la proprietà privata contro quella pubblica, e allora si costituisce una nuova forma di proprietà, che è la proprietà allodiale.

Le caratteristiche di questa forma di proprietà, in contrasto con quella precedente, sono:

a) L'indipendenza;

b) L'eguaglianza delle quote spettanti ai figli dopo il decesso del padre;

c) La liquidabilità e la divisibilità, cioè la possibilità di alienare;

d) Infine, una manifesta tendenza all'eguaglianza.

5. – La proprietà allodiale produce, come conseguenza del suo principio, il credito a mezzo d'ipoteca; fa della terra una cosa praticamente mobile; tende a far partecipare il coltivatore ai benefici dello sfruttamento e alla rendita, facendo diventare la terra sempre meno produttiva per il proprietario non diretto conduttore; trasforma la natura delle imposte, facendo imperniare il sistema fiscale sulla rendita fondiaria e non più sui capitali e sui consumi.

L'allodio implica una forma speciale di governo: il regime rappresentativo e democratico.

La proprietà in Inghilterra è stata sempre organizzata su basi feudali. La famosa legge sui cereali di Roberto Peel, importante eccezione al principio protezionistico, producendo il ribasso del prezzo del grano, ha dato un duro colpo ai piccoli coltivatori, alla proprietà allodiale. E ciò dipende dal fatto che il sistema politico inglese, benchè si dica sempre che le costituzioni francesi del 1814 e del 1830 sono basate su di esso, è completamente diverso e dal fatto che il governo rappresentativo francese non deve essere affatto confuso con quello inglese: il regime inglese è un'aristocrazia, quello francese – Luigi Filippo l'ha detto con molte buone ragioni, e la sua disgrazia è consistita nell'averlo dimenticato – era e doveva essere dal 1814 al 1848 una monarchia circondata da istituzioni repubblicane.

Storicamente, la proprietà allodiale nei paesi conquistati dai Germani si è avuta prima della proprietà feudale, poichè i soldati invasori si erano divisi come bottino le terre conquistate, senza applicare i loro usi nazionali sulla proprietà. Ma questa forma sociale non era matura; perciò dopo alcuni secoli gli allodi furono convertiti in feudi come se la libertà e l'eguaglianza non fossero mai esistite nei campi dei re franchi. C'è voluto un intero periodo storico di evoluzione per apportare l'attuale forma di proprietà: l'allodio.

Si potrebbe compilare una classificazione delle nazioni, degli Stati e dei regimi politici a seconda della forma di proprietà che vige presso di essi, e sarebbe un facile metodo per comprendere la loro storia e prevedere il loro avvenire. Infatti la storia delle nazioni, come dimostrerò a proposito della Polonia, spesso s'identifica con quella della proprietà.

Tuttavia non bisogna credere che lo Stato, passando dal sistema feudale a quello allodiale, abbia perduto tutte le sue prerogative e il suo potere supremo. Parallelamente alla conquista dell'indipendenza, dell'alienabilità, della divisibilità in quote eguali, della facoltà di indebitarsi con ipoteche ecc., da parte della proprietà, lo Stato in forza delle sue prerogative ha stabilito servitù e creato regolamenti de commodo et incommodo, ha decretato una legge di espropriazione per causa di pubblica utilità; e si domanda oggi allo Stato di fissare un limite al frazionamento. In questo modo l'assolutismo statale si oppone a quello dei proprietari e, agendo l'uno contro l'altro, essi generano incessantemente, con le mutue azioni e reazioni, nuove salvaguardie alla società e nuove garanzie ai proprietari, e in definitiva fanno trionfare la Libertà, il Lavoro e la Giustizia.

S'intende che, per la sincerità di questo sistema, occorre che il governo sia alieno da ogni tendenza dispotica; che esso sia veramente rappresentativo, parlamentare, con forme repubblicane e fondato su una severa responsabilità, non del monarca, ma dei ministri. Bisogna, in poche parole, che la nazione si governi da sè, in guisa che la reazione delle prerogative dello Stato contro le prerogative dei proprietari provenga non dall'arbitrio incontrollato di un uomo, d'un despota, che trasformerebbe il sistema in un compromesso, ma dalla ragion di Stato espressa dalla rappresentanza nazionale. In difetto di ciò la proprietà è nelle mani dell'autocrate ed è in pericolo di diventare feudalità.

Tale è, dopo l'89, la costituzione della proprietà. È facile notare che quanto l'allodio è superiore al feudo tanto sarebbe stato impossibile scoprirlo a priori: è una di quelle questioni che oltrepassano la ragione filosofica, e che solo il genio dell'umanità può produrre.

Chi non vede, infatti, che la costituzione feudale è sorta da un rispetto del diritto pienamente razionale, da una concezione della giustizia che repugnava all'assolutismo proprietario, giudicandolo irrazionale, usurpatorio, immorale, pieno di pericoli e di egoismo, offensivo verso Dio e verso gli uomini? È stato un ponderato rispetto del diritto che ha creato questa proprietà incatenata, incedibile, indivisibile, subordinata, garanzia di sottomissione e di gerarchia, come di tutela e di controllo. Eppure in pratica s'è scoperto che la tirannia era proprio dove si era creduto di trovare il diritto; l'anarchia dove si manifestava gerarchia: la servitù e la miseria dove ci si lusingava di creare assistenza e carità.

È lecito supporre che al tempo della repubblica romana e della strapotenza del patriziato la definizione della proprietà era puramente unilaterale: Dominium est jus utendi et abutendi; e che solo più tardi, sotto gli imperatori, i giuristi aggiunsero la restrizione quatenus juris ratio patitur. Ma ormai il male era fatto e gl'imperatori non poterono più porvi alcun riparo. La proprietà romana rimase indomita. In odio a questo assolutismo della proprietà, senza contrappesi, in odio alla tirannide dei senatori e dei latifondisti, fu concepito in seno alle prime società cristiane il sistema della proprietà feudale, rinnovazione dell'antico patriarcato unito all'impero dal papato e sostenuto dal prestigio della religione.

La proprietà moderna, costituita in apparenza contro ogni principio del diritto e del buon senso, su un doppio assolutismo, può essere considerata come il trionfo della libertà. È stata la libertà a crearla e non, come sembra a prima vista, contro il diritto, ma in vista di una concezione del diritto molto più elevata. Infatti che cosa è la giustizia se non l'equilibrio delle forze? Essa non è certo un mero rapporto, una concezione astratta, una finzione intellettuale o un atto di fede della coscienza; essa è una cosa reale e tanto più obbligatoria in quanto fondata su elementi reali, su libere forze.

Dal principio che la proprietà, irriverente verso il monarca, ribelle all'autorità, e insomma, anarchica, è l'unica forza che possa controbilanciare lo Stato, deriva il seguente corollario: la proprietà, assolutismo in un altro assolutismo, è anche per lo Stato un elemento di divisione. La potenza dello

Stato tende all'accentramento; se gli date via libera ben presto ogni individualità sparisce, assorbita nella collettività, e la società cade nel comunismo. Invece la proprietà è una forza decentrante, perchè anche essa è assoluta, antidispotica, antiunitaria; su di essa è fondato il principio di ogni federazione. Da ciò deriva il fatto che la proprietà, autocratica per sua essenza, trasportata in una società politica diventa subito repubblicana.

Avviene precisamente il contrario per il possesso o feudo, in cui la tendenza fatale è all'unità, al concentramento, all'universale soggezione. Il dispotismo più schiacciante è stato quello degli zar, tanto che diveniva assolutamente insopportabile, e da cinquant'anni si son visti gli stessi imperatori di Russia farsi premura per loro iniziativa di alleggerirne i pesi. Orbene, la causa principale di tale despotismo consisteva in quella forma slava di possesso, che ha subìto un primo colpo da parte delle riforme di Alessandro II.

Uno dei più odiosi abusi della proprietà, che le ha sollevato contro fin dai primordi le rimostranze delle masse, è l'accaparramento. Le grandi proprietà hanno perduto l'Italia: latifundia perdidere Italiam. È il lamento degli storici che hanno trattato gli ultimi tempi dell'Impero. Una grande proprietà ben condotta, bene recinta e che dà regolarmente al suo proprietario una buona rendita può essere certamente una buona cosa. La società ottiene la sua parte in questa ricchezza, in guisa che fino a un certo punto si può dire che l'interesse pubblico concorda con la grande proprietà. Ma è triste in assai maggiore misura vedere masse di contadini nullatenenti, che vagano per le strade, cacciati dalla terra che sembra loro pertinenza e sospinti dal latifondo tra il proletariato delle grandi città, dove vegetano senza diritti e senza beni.

Orbene, ciò non accadrebbe mai in un sistema di proprietà sottoposta a condizioni e ristretta, che proibisca la divisione e l'alienazione del suolo. Perchè la divisione e la vendita rendono possibile l'accaparramento. Togliete alla proprietà la sua prerogativa di piena indipendenza e la terra sarà posseduta da tutti, appunto perchè essa non apparterrà a nessuno come dominio particolare.

Ciò equivale a dire che i cittadini sono tutti insigniti dello stesso diritto e della stessa dignità nello Stato: che, se la natura li ha creati disuguali per le facoltà realizzatrici la tendenza della civiltà e delle leggi è di restringere in pratica le conseguenze di questa ineguaglianza dando a tutti le stesse garanzie e, fin dove è possibile, la stessa educazione; ma la proprietà impedisce questo felice orientamento con le sue incessanti mutazioni e i suoi accaparramenti. Per conseguenza si accusa la proprietà di essere ostile all'eguaglianza e sotto questo rapporto la si colloca al di sotto del possesso.

L'abuso qui denunciato esiste realmente e Dio non voglia che io lo misconosca, poichè proprio negli abusi della proprietà sto ricercandone la funzione organica e la missione provvidenziale. Ma, cosa strana, l'accusa di essere un ostacolo all'eguaglianza delle condizioni e delle fortune, che qui si muove alla proprietà, è meritata in ben maggiore misura dal feudo e dal possesso, che sembrano essere stati istituiti in una concezione e in una finalità diametralmente opposte. È fatto della storia di tutti i paesi che in nessun posto la terra è stata così inegualmente divisa come là dove predominava il sistema del mero possesso e dove il feudo ha soppiantato l'allodio; e che viceversa gli Stati in cui si riscontra più libertà ed eguaglianza sono quelli in cui domina la proprietà. Basti rammentare, a questo proposito, la coesistenza dei grandi feudi con i diritti feudali e il servaggio della gleba, o servaggio feudale. Ma forse, si obietterà, in questi aspetti si violava il principio del possesso, e non sarebbe teoricamente giusto accusare un principio per le malversazioni di chi lo applica. Proprio questa, tuttavia, è l'illusione, come ora dimostrerò.

Abbiamo riconosciuto che le qualità realizzatrici si presentano disuguali negli individui e nelle razze, e che, per lo meno, il progresso non è uguale per tutti, perchè alcuni mostrano maggiore e altri minore precocità, e abbiamo riconosciuto che questa è la causa alla quale bisogna attribuire l'ineguaglianza delle condizioni, delle fortune e dei gradi. Tuttavia, abbiamo visto, le leggi delle organizzazioni politiche sono contrarie a questa disuguaglianza e sussiste per conseguenza uno sforzo generale dell'umanità verso il livellamento, e nel fine di stabilire l'eguaglianza sociale è stato fissato, con unanime consenso, il principio dell'eguaglianza di fronte alla legge.

Abbiamo notato che questo principio di grandissima portata deve avere per effetto, in una società in cui regni l'ordine e la giustizia, di ridurre la disuguaglianza delle condizioni e delle fortune, sempre affette da arbitrarietà, a quella dei servizi e dei prodotti; in altri termini di fare in modo che la fortuna dei cittadini sia l'espressione esatta non della loro capacità o della loro virtù, che non sono suscettibili di misurazione, ma delle loro opere, messe in rapporto con le opere dei concittadini. Raffrontando i tassi dei salari nelle diverse categorie industriali, anche tenendo conto di tutte le anomalie del mercato, si può vedere quanto questo procedimento mercantilista sia favorevole all'eguaglianza, e quanto nella sfera del lavoro la disuguaglianza delle ricchezze sia lungi dal pervenire alle proporzioni che assume in politica, manifestandosi soprattutto nel possesso terriero.

In una società in cui la terra è quasi il solo capitale e il raccolto del coltivatore il solo prodotto, poichè il sovrano deve tener conto delle disuguaglianze naturali e non ha alcun mezzo di calcolarle, la ripartizione del suolo si effettuerà non secondo le tariffe dei servizi, ma piuttosto secondo la dignità e il grado. Come ai nostri tempi si danno centomila franchi di rendita al generale che tenne il comando alla presa di Sebastopoli, e una medaglia di rame al soldato che si slanciò all'assalto, così in una società fondata sul regime del possesso il re dà ai suoi baroni, conti, duchi e principi, mille, diecimila e centomila ettari di terra, e solamente quattro al semplice soldato.

Le spese di esercizio, i rischi della coltivazione, le perdite che si subiscono negli scambi, e gli inconvenienti dell'isolamento si sommano a questo criterio difettoso di ripartizione per aumentarne la ineguaglianza. Il piccolo possessore, costretto ad implorare la protezione del grande, diventa suo affittuario; i piccoli poderi si raggruppano e formano una specie di comune rustico, in cui il colono più importante diventa signore. E tutto ciò si svolge così a puntino che alla fine, dove in principio tutti erano liberi, non restano più che aristocratici e servi.

Immaginate ora che questa proprietà comunale e questi dominî dei nobili possano essere divisi e venduti come quarti di bue, che entrino nel circolo degli scambi e si paghino in prodotti come se anche essi fossero prodotti. Ben presto vedrete diminuire la disuguaglianza e la proprietà divenire uno strumento di pareggiamento, appunto per la facoltà di accaparramento che le è concessa. In questo caso l'avviamento è il contrario di quello del possesso: mentre il possesso, procedendo dalla libertà e dall'eguaglianza originaria, si caccia sempre più nella disuguaglianza e nella schiavitù, la proprietà, fondata sull'assolutismo anarchico, antiunitaria e tuttavia accaparratrice, cumulando i difetti più opposti, marcia verso l'eguaglianza e serve la giustizia.

6. – È dunque impossibile stabilire a priori la proprietà quale diritto dell'uomo e del cittadino, come si è creduto di poter fare fino ad oggi e come sembrano dire le dichiarazioni dell'89, del '93 e del '95; ogni argomentazione tendente a stabilire a priori il diritto di proprietà è una petizione di principio e implica contraddizione. La proprietà si manifesta nei suoi abusi come una FUNZIONE; e siccome a questa funzione è chiamato ogni cittadino, come anche viene chiamato al possesso e alla produzione,

essa diventa un diritto. Qui il diritto deriva dalla missione e non la missione dal diritto. (Vedere la mia Teoria dell'imposta, cap. II, pag. 76: Rapporti della Libertà e dello Stato).

La funzione della proprietà, e precisamente la funzione liberatrice, possiamo ben dirlo, si rivela ad ogni passo nella legislazione politica e civile della Francia.

Per esempio, l'art. 57 della carta del 1815 reca che è abolita la confisca. Com'era naturale, ogni proprietario si rallegrò di una tale dichiarazione, ma non sarebbe inutile comprenderne il significato. Molti in questa abolizione vedono soltanto una restrizione all'avidità del fisco, un segno di favore del legislatore verso le famiglie che prima si punivano per le colpe dei loro capi, un'attenuazione di pena, una deferenza verso il proprietario. L'egoismo costituisce a tal punto l'essenza del proprietario che è altrettanto raro vederlo comprendere i suoi diritti come esercitare i suoi doveri. Vigente il regime anteriore, ogni possesso fondiario era considerato un'emanazione dello Stato e pertanto la confisca era un diritto del principe che se ne valeva, in certi casi, per punire i delitti di alto tradimento. Il feudatario fellone era spossessato della sua terra perchè aveva mancato al patto sociale; ed era giusto.

Ma il cittadino proprietario non è più nella stessa situazione. Politicamente egli è alla pari del principe in quanto non deriva la sua proprietà da questi, ma da se stesso; se è accusato di delitto ordinario o di delitto politico, oltre alle pene personali, afflittive o infamanti, non è passibile che di ammende o indennità, che debbono essere proporzionali al danno materiale prodotto col suo crimine o delitto. Salvo questi indennizzi, la proprietà resta al condannato e passa ai suoi eredi. In poche parole, il proprietario, nel nuovo sistema politico, è un federato, cioè proprio il contrario del feudatario, e questa qualità esclude la confisca, che ormai non ha più senso.

Il Laboulaye, nella sua Storia del diritto di proprietà fa la seguente osservazione:

«Il codice civile francese è il primo che abbia confuso (articoli 1138 e 1583) l'obbligazione e la proprietà. Dire che la proprietà è acquisita di diritto dal compratore nei riguardi del venditore, da quando si è definito l'accordo sulla cosa e sul prezzo, è una sottigliezza; se voi rispettate il diritto dei terzi, la forza delle cose resiste alle parole della legge. Il vostro compratore che non abbia il fondo e non possa averlo, non è che un creditore per danni e interessi. Se invece non rispettate il diritto del terzo possessore, create una trappola alla buona fede».

Si può ben deplorare, con il Laboulaye, nell'interesse del sistema ipotecario, che il codice francese non si sia mostrato più severo sulle forme e sulla solennità della vendita. Ma quando egli lo taccia di aver confuso obbligazione e proprietà, confesso che non potrei condividere la sua opinione. Nel vero spirito dell'istituzione, il proprietario fondiario possiede il suolo allo stesso titolo, con la stessa pienezza di diritto e con la stessa assolutezza con cui il produttore possiede il suo prodotto. Il dominio quiritario non arrivava fino a questo punto, ma vi tendeva. Siccome, in definitiva, la proprietà e l'autorità del padre di famiglia erano stabilite soprattutto in ordine alla famiglia, era naturale che la legge romana circondasse la vendita di un sovrappiù di precauzioni, e distinguesse, più di quanto ha fatto il codice francese, l'obbligazione dalla proprietà. Ma la tradizione romana non è la nostra; la proprietà francese è un'antitesi nei confronti del possesso feudale, e fino ad un certo punto anche in quelli del dominio quiritario; l'industria, sviluppando una nuova specie di proprietà, ha sviluppato maggiormente il concetto.

È dunque naturale e logico che il codice, trattando delle obbligazioni, ne abbia esteso le norme alla proprietà come a tutto il resto. La proprietà è una funzione, e gli impegni che prende il cittadino nei suoi riguardi sono della stessa natura, e debbono avere gli stessi effetti, di quelli che egli prende riguardo al suo lavoro, i suoi operai, i suoi soci, i suoi clienti, ecc.

Ma il massimo della sua energia viene manifestato dalla proprietà nel sistema elettorale. Non solo lo Stato ha perduto il suo diritto di confisca nei riguardi del proprietario, ma ha dovuto sottomettersi a richiedere a questo proprietario la rinnovazione periodica della sua investitura: il che si pratica con le elezioni al Parlamento. A questo proposito si è combattuto con ogni forza contro il principio che faceva della proprietà il segno della capacità politica; si è declamato contro un regime che escludeva dalle elezioni uomini come Rousseau, Lamennais, Béranger, e ammetteva dei qualsiasi Prudhomme, Jourdain, Dandin, Géronte. La rivoluzione di febbraio ha sostituito il suffragio universale al privilegio del censo, ma il puritanismo democratico non si è ancora mostrato soddisfatto; alcuni volevano che si concedesse il diritto di voto ai fanciulli e alle donne; altri protestarono contro l'esclusione dei falliti, degli ex forzati e dei detenuti. Poco mancò che non si domandasse l'aggiunta dei cavalli e degli asini alle liste elettorali.

La teoria della proprietà, come noi la svolgiamo in questo momento, dissipa tutte codeste discordie. Secondo questa teoria, la proprietà non è concepita come indice o garanzia di capacità politica, perchè la capacità politica è una facoltà dell'intelligenza e della coscienza indipendente dalla qualità di proprietario, e su questo punto si può dire che tutti siamo d'accordo. Ma noi aggiungiamo che se l'opposizione al dispotismo è un atto di coscienza, il quale non ha bisogno, per prodursi, che il cittadino paghi duecento o cinquecento franchi di tasse e goda di tremila o più franchi di rendita, questa stessa opposizione, considerata come manifestazione della collettività, non ha forza nei riguardi del potere pubblico e non è efficace se non è l'espressione di una massa di proprietari. È un fatto puramente materiale che non ha nulla in comune con la capacità ed il civismo dei cittadini.

Un paragone riuscirà a farmi comprendere. Ogni individuo maschio ventenne e valido è adatto al servizio militare. Ma prima di inviarlo contro il nemico occorre ancora esercitarlo, disciplinarlo e armarlo, senza di che non servirebbe assolutamente a nulla. Un esercito di coscritti senza armi darebbe in guerra un risultato altrettanto negativo di una carretta di registri matricolari. Lo stesso accade per l'elettore. Il suo voto non ha un valore reale – non dico morale – contro il potere pubblico, se egli non rappresenta una forza concreta, e questa forza è quella della proprietà. Dunque, tornando al suffragio universale, cioè al sistema degli elettori senza beni, l'una delle due: o essi voteranno con i proprietari, e allora sono inutili; o essi si separeranno dai proprietari e in questo caso il potere pubblico resta padrone della situazione, sia che esso si basi sulla moltitudine elettorale sia che si schieri dal lato della proprietà; sia che, piuttosto, ponendosi in mezzo alle due forze, si eriga a mediatore e imponga il suo arbitrato. Conferire i diritti politici al popolo non era in sè stessa una cattiva idea; solamente si doveva cominciare dandogli la proprietà.

7. – Se il lettore ha compreso ciò che è stato detto della proprietà dal punto di vista politico della proprietà, cioè che da un lato essa non può essere un diritto se non è una funzione, e che d'altra parte occorre cercare questa funzione proprio nell'abuso della proprietà, egli non faticherà ad afferrare quanto mi resta da dire circa i fini della proprietà dal punto di vista dell'economia e della morale; ciò mi permetterà di essere più breve.

Quando dico che i fini della proprietà, la sua funzione e per conseguenza il suo diritto debbono essere ricercati nei suoi abusi, ognuno comprende che con ciò non intendo in alcun modo glorificare quell'abuso, così malvagio in se stesso e che tutti vorrebbero abolire. Voglio dire che siccome la proprietà è assoluta, incondizionata e per ciò indefinibile, non si può conoscere la sua missione – se ne ha una – e la sua funzione – se è vero che essa fa parte dell'organismo sociale – che con lo studio dei suoi abusi, salvo a ricercare in seguito, una volta conosciuta la funzione della proprietà e provato il diritto con lo scopo dell'istituzione, come si potrà trionfare dell'abuso stesso.

La proprietà è abusiva, dal punto di vista economico, in quanto non solo essa è oggetto di accaparramento, come abbiamo visto poco sopra, e ciò tende a privare una moltitudine di cittadini dei loro legittimi averi, ma anche in quanto essa può frazionarsi e sminuzzarsi, il che causa un grave danno all'agricoltura. Mi sembra di ricordare che in Francia i 25 milioni di ettari di terra arabili, in cui per conseguenza non sono compresi nè boschi, nè prati, nè vigne, nè orti e che formano circa la metà delle terre, sono divisi in 290 o 300 milioni di appezzamenti, il che porta la media di queste frazioni a meno di un decimo di ettaro, cioè come un quadrato di trenta metri di lato. Si comprende il danno recato all'economia nazionale da questo frazionamento.

Fourier calcolava che la superficie normale di una azienda agricola fornita delle industrie di prima necessità che comporta, e disponente di tutti i mezzi materiali, doveva essere di circa una lega quadrata e lavorata da una popolazione variabile da 1500 a 1800 persone di ogni età sesso professione e grado. Ciò gli ha suggerito l'idea del suo falansterio. Una delle cause dell'inferiorità dell'agricoltura in Francia è questo eccessivo frazionamento, che non si riscontra in Inghilterra, paese dall'ordinamento fondiario feudale. Si è pensato più volte a prevenire questo frazionamento facilitando lo scambio degli appezzamenti, il che permetterebbe di ricomporre le eredità divise. Non si è ottenuto nulla. Lo spezzettamento continua il suo cammino, senza che si possa ostacolarlo, a meno di emanare una legge di utilità pubblica, che sarebbe una lesione alla proprietà.

Un altro abuso, non meno dannoso del precedente, è costituito dalla conduzione arbitraria, senza direttive comuni fra i conduttori, senza capitali sufficienti, abbandonata all'ignoranza, alla sorte. A questi danni si sforzano di rimediare le scuole dell'agricoltura, i comizi agricoli, i poderi modello, il credito fondiario ecc. Senza dubbio si è già riusciti ad ottenere qualche miglioramento; il progresso si fa sentire gradatamente anche nelle campagne più recondite e la scienza ha dovunque la meglio. Ma occorrerebbe che il rimedio fosse all'altezza del male e invece, tutt'al contrario, non fa che aggravarlo. Bisognerebbe ridurre a metà l'imposta fondiaria: è possibile tutto ciò? Bisognerebbe che i prestiti su garanzia ipotecaria fossero concessi con l'interesse massimo dell'uno e mezzo per cento, che è la metà del reddito netto della terra; invece il tasso è normalmente del cinque per certo. Bisognerebbe che il piccolo proprietario potesse profittare di tutte le scoperte della scienza per sostenere la concorrenza delle grandi aziende, ma ciò non è possibile se non associando le piccole proprietà, il che significherebbe, in sostanza, ritornare alla forma slava di possesso, rinunciando cioè a ciò che di più desiderato è nella proprietà, la disponibilità libera ed assoluta. È l'obbiezione che facevo, or sono venti anni, ai discepoli di Fourier, i quali pretendevano di conservare la proprietà al falansterio.

Terzo abuso, più grave ancora dei precedenti, perchè riguarda insieme la pubblica economia e la morale: la proprietà ha trovato modo di distinguere, nell'esercizio agricolo, il prodotto netto da quello lordo. Questa separazione ha provocato la separazione dell'uomo dalla terra, e ha fatto di questa un oggetto di aggiotaggio, direi quasi di prostituzione.

È in questo che la proprietà si rivela decisamente inferiore al possesso feudale, e non ho mai potuto comprendere come gli economisti, i quali denunciano e combattono tutti gli abusi, protestano contro il frazionamento, contro l'empirismo e i cattivi metodi, esortano il proprietario all'amore della terra, al dovere di risiedervi e al lavoro, dando per il resto poca considerazione alla politica; come mai, dico io, possono pretendere di essere partigiani della proprietà. Senza dubbio la rendita è una buona cosa per colui che la consuma senza partecipare in alcun modo al lavoro della terra, ma non è facile ammettere che il paese e la moralità vi possano trovare altrettanti vantaggi. Il cristianesimo aveva abolito la schiavitù, la Rivoluzione ha soppresso i privilegi feudali: ma che cosa è dunque l'affitto?

Ecco che cosa scrivevo a questo proposito, nel 1858, nella mia opera La Giustizia nella Rivoluzione e nella Chiesa, 5° studio:

«La metafisica della proprietà ha devastato il suolo francese (con l'arbitrarietà degli sfruttamenti), disboscato le montagne, asciugato le sorgenti, trasformato i ruscelli in torrenti, inghiaiato le valli, e tutto ciò con l'autorizzazione del governo. Ha reso l'agricoltura odiosa al contadino (affittuario), più odiosa ancora alla patria, e spinge allo spopolamento... Non si è più legati al suolo come una volta, perchè lo si abita, perchè si vive della sua sostanza, perchè lo si è ricevuto dai genitori col sangue e lo si trasmetterà di generazione in generazione nella stirpe, perchè la propria personalità, il proprio temperamento, i propri istinti, le proprie idee, il proprio carattere, si son presi qui a un punto tale che sarebbe impossibile separarsi da questo suolo se non con la morte. Si è legati al suolo come ad uno strumento, anzi meno, come ad una registrazione di rendite, per mezzo della quale ogni anno si percepisce una certa entrata da detrarsi dalla massa comune. Quel profondo sentimento della natura, quell'amore della terra che è ispirato dalla vita dei campi, si è spento. E ha preso il suo posto una sensibilità convenzionale, propria delle società rammollite, cui la natura non si rivela più che nel romanzo, nel salotto, nel teatro.

«... L'uomo non ama più la terra; se è proprietario la cede, l'affitta, la divide in azioni commerciali, la prostituisce, ne fa commercio e oggetto di speculazione; se è coltivatore, la tormenta, la viola, la esaurisce, la sacrifica alla sua cupidigia impaziente e non vi si fissa mai...».

La prassi del prodotto netto, ben più raffinata nei nostri tempi che non fosse nell'antichità, ha portato l'egoismo umano all'ultimo grado di perfezione. Certamente il vecchio patrizio romano era avido e duro con i suoi schiavi, più di quanto lo siamo noi con i nostri domestici; ma, in fin dei conti, egli lavorava con loro, abitava nella stessa azienda, respirava la stessa aria, mangiava alla stessa tavola; da esso al benestante fannullone c'è un'enorme differenza. Perciò l'Italia fu bella, ricca, popolata e salubre finchè fu coltivata dai suoi proprietari, e divenne deserta e insalubre quando fu abbandonata agli schiavi e i proprietari andarono a Roma a spendere le loro immense rendite. E i costumi decaddero con la coltura, mentre il proprietario, esercitando i suoi diritti, misconosceva i suoi doveri.

Sono questi, dal punto di vista economico e sociale, gli abusi della proprietà, abusi flagranti, riprovati da ogni coscienza, ma che nei riguardi della legge non costituiscono nè crimine nè delitto e che la giustizia ufficiale non può perseguire, perchè sono parte essenziale del diritto di proprietà e non si potrebbe reprimerli senza annullare nello stesso tempo la proprietà.

Per conseguenza noi ci guarderemo bene dallo sminuire e dal dissimulare questi abusi, perchè essi debbono servire a rivelare nella proprietà nuovi fini, la cui conoscenza ci servirà in seguito per padroneggiarne gli eccessi.

8. – Una delle facoltà connesse alla proprietà è di poter essere divisa e frazionata fino a quanto piaccia al proprietario; il che serve alla mobilizzazione del suolo, che era il grande vantaggio dell'allodio sul

feudo. Col sistema feudale o con quello germanico e slavo di possesso, ancora in vigore in Russia, la società progredisce tutta d'un pezzo, come un esercito schierato in battaglia. È inutile dichiarare gli individui liberi e lo Stato sottoposto all'assemblea popolare; la libertà d'azione del cittadino, quella facoltà d'iniziativa che abbiamo indicato come carattere degli Stati costituzionali, resta impotente; l'immobilità del suolo o per meglio dire l'incommutabilità dei possessi provoca sempre l'immobilità sociale, e per conseguenza l'autocrazia del governo.

Occorre che la proprietà circoli anche essa, con l'uomo, come una merce, come una moneta. Senza di che, il cittadino è come l'uomo di Pascal, che, oppresso dall'universo, lo sa e lo sente, ma non può impedirlo, perchè l'universo non lo ascolta e la legge che presiede ai movimenti del cielo è sorda alle sue preghiere. Cambiate però questa legge, fate che questo universo materiale si muova per volontà dell'impercettibile creatura, che per esso è solo una monade pensante, e subito tutto cambierà: non è più l'uomo a essere sballottato fra i mondi, ma saranno i mondi che gireranno a suo arbitrio come molliche di pane appallottolate. Ecco precisamente ciò che deriva dalla mobilizzazione del suolo, operata dalla magica virtù di una sola parola: la proprietà. In questo modo il genere umano si è elevato dal regime inferiore dell'associazione patriarcale e dell'indivisibilità della terra, all'alto grado di civiltà della proprietà, civiltà dalla quale nessuno che vi sia stato iniziato può voler retrocedere. Immaginatevi ciò che accadrebbe se tutt'insieme la proprietà fosse abolita, la terra ripartita di bel nuovo, e si proibisse ad ogni possessore fondiario di vendere, scambiare e alienare il proprio lotto; cioè se di nuovo e per davvero si immobilizzasse il suolo! Non è forse vero che il possessore, benchè lavorando solo per sè e non pagando più rendita, si riterrebbe vincolato alla terra come in altri tempi?... Lascio al lettore la cura di approfondire ciò che mi limito ad indicare.

Un altro attributo e un altro abuso della proprietà consiste nella facoltà riconosciuta al proprietario di disporne nella maniera più assoluta. Vada pure per i prodotti del lavoro e dell'ingegno; vada pure per ciò che è lecito considerare creazioni proprie dell'uomo; ma per quanto riguarda la terra non vi è nulla, mi sembra, di più contrario a tutte le consuetudini legali e contrattuali. Il sovrano che fa una concessione per una miniera, per esempio, il proprietario che affitta o lega in vitalizio il suo fondo, non mancano d'imporre determinate condizioni al concessionario, all'affittuario, al donatario. Questi dovrà conservare la cosa e amministrare da buon padre di famiglia, ecc. Ma per la proprietà la sola condizione imposta è quella dell'Abbazia di Thélème: fare a proprio arbitrio.

Si direbbe che sia una buffonata alla Panurgo. Certo che mai un legislatore, un principe o un'assemblea nazionale ha immaginato una cosa simile, e secondo me ciò è la prova che la proprietà non è di istituzione legislativa e non è stata decretata da un'assemblea di rappresentanti, la quale si pronunci dopo matura deliberazione e con conoscenza di causa. Essa è il prodotto della spontaneità sociale, l'espressione di una volontà sicura di se stessa che si afferma negli individui e nella massa.

Riconosciamo la profonda natura di questa instaurazione. La saggezza umana esige libertà piena ed intera, e rifugge da ogni forma di regolamentazione. A questo numero appartengono l'amore, l'arte, il lavoro; occorre aggiungerci la proprietà.

Dal punto di vista della perfezione morale ogni passione dell'anima e ogni atto della volontà essendo più o meno improntati di egoismo possono essere considerati peccati o inducenti a peccato. Solo il sentimento del diritto è puro, perchè la giustizia è incorruttibile per sua natura, non può nuocere a nessuno e funziona, anzi, da panacea.

Anche l'amore, fiore della vita, perno della creazione senza il quale ogni esistenza è vuota, anche l'amore non è puro: malgrado gli incanti che gli attribuisce la poesia, esso si risolve alla fine in impudicizia e corruzione. Cosa deve fare in questo caso il moralista legislatore? Dopo aver istituito il matrimonio e tolto la famiglia dalla promiscuità, dovrà imporre un regolamento agli sposi, fare leggi da alcova, in certi casi invitare all'azione, in altri prescrivere l'astinenza, dare ricette amorose e fare un'arte dell'amore coniugale? No: la legge del matrimonio stende un velo sul letto nuziale. Essa impone ai coniugi la fedeltà e la abnegazione; proibisce al marito di fermare il suo sguardo sulla moglie e sulla figlia del prossimo; alla moglie di alzare gli occhi sullo straniero; essa li richiama al rispetto di sè stessi e dopo li abbandona alla personale discrezione. Procedano ora in reciproca tristezza, premurosi del diritto altrui e della propria dignità; così il saldo edificio della famiglia si eleverà sull'amore trasfigurato dalla giustizia; e in virtù della famiglia, la donna, impudica e provocatrice per sua natura, diventerà santa e sacra.

Quanto abbiamo detto dell'amore è parimenti vero per l'arte e per il lavoro. Ciò non significa che le opere del genio ed i lavori dell'artigiano non conoscano nè regola nè misura, nè fine nè ordine – a questo riguardo la scuola romantica ha seguito una strada completamente sbagliata –; solo s'intende dire che gli atti dell'uomo ingegnoso, dell'artista, del poeta, del pensatore, benchè siano subordinati a principî e a procedure tecniche escludono ogni specie di regolamentazione da parte della pubblica autorità, come da parte dell'Accademia. Il che è ben diverso. La libertà, questa è la vera legge: in ciò io sono del parere del signor Dunoyer e della maggior parte degli economisti.

Aggiungo che per la proprietà deve accadere come per l'amore, per il lavoro e per l'arte. Non che si debba immaginare il proprietario al di sopra di ogni ragione e di ogni misura: per quanto la legge lo faccia assolutamente indipendente, egli si accorgerà ben presto a spese sue che la proprietà non può vivere di abusi e che anch'essa deve inchinarsi davanti al senso comune e davanti alla morale. Egli comprenderà che se l'assoluto aspira ad uscire dalla sua esistenza metafisica per diventare qualcosa di concreto, ciò può avvenire soltanto secondo ragione e secondo giustizia, Dal momento in cui l'assoluto tende a realizzarsi esso subisce il sindacato della scienza e del diritto. Soltanto poichè è essenziale al progresso della giustizia che la conformità della proprietà alla verità ed alla morale sia volontaria, e siccome per questo fine il proprietario deve essere padrone delle sue azioni, nessun obbligo gli sarà imposto dallo Stato. Ciò rientra pienamente nei nostri principî, poichè come abbiamo detto il fine della civiltà e l'opera dello Stato consistono nel fatto che ogni individuo eserciti il diritto di giustizia e divenga organo del diritto e ministro della legge; ciò che conduce alla soppressione delle costituzioni scritte e dei codici. Il minimo possibile di legge, cioè di prescrizioni regolamentari e di statuti ufficiali è il principio che regge la proprietà, principio di moralità chiaramente superiore e per cui soltanto l'uomo libero si distingue dallo schiavo.

Nel sistema inaugurato dalla rivoluzione dell'89 e consacrato dal codice francese, il cittadino è più che un uomo libero; è una frazione di sovrano. Non è soltanto nei comizi elettorali che si esercita la sua sovranità nè nelle assemblee dei suoi rappresentanti, ma è anche e soprattutto nell'esercizio della sua attività, nella direzione che imprime al suo spirito nell'amministrazione della proprietà. In questo caso il legislatore ha voluto che il cittadino godesse a suo rischio e pericolo dell'autonomia più completa, solo rimanendo responsabile dei suoi atti, quando essi rechino nocumento ad altre persone; e la società e lo Stato vengano considerati anche essi come altre persone.

Il legislatore rivoluzionario ha creduto che solo a queste condizioni la società potesse prosperare e camminare sulle vie della ricchezza e della giustizia. Esso ha rinunciato a tutte le pastoie e le restrizioni feudali. Ciò perchè il cittadino in quanto lavora, produce, possiede – funzione della società – non è affatto un funzionario dello Stato; non dipende da nessuno, fa ciò che vuole e dispone della sua intelligenza, delle sue braccia, dei suoi capitali e della sua terra a proprio gradimento. Il risultato dimostra che infatti nel paese in cui regna questa autonomia industriale e questo assolutismo proprietario si riscontrano la massima ricchezza e il massimo vigore.

9. – Il legislatore, per garantire questa indipendenza d'iniziativa e questa libertà illimitata di azione, ha dunque voluto che il proprietario fosse sovrano in tutta la forza dell'espressione. Ci si domanda: cosa sarebbe accaduto se avesse voluto sottometterlo ad una regolamentazione? Come separare l'uso dall'abuso? Come prevenire tutte le malversazioni, reprimere le insubordinazioni, sopprimere la fannulloneria, l'incapacità, sorvegliare l'inettitudine, ecc. ecc.? In poche parole, avendo scartato il diretto esercizio statale e il comunismo governativo, non restava che fare ciò.

Dunque il proprietario separi pure finchè vuole il prodotto netto dal prodotto lordo; invece di vincolarsi strettamente alla terra coltivandola religiosamente, non miri che alla rendita, ma per ciò non sarà perseguito dalla legge, rimanendo responsabile solo di fronte al tribunale della sua coscienza e della pubblica stima. Non è un male, per sè stesso, che la rendita sia distinta dal prodotto netto e divenga oggetto di speculazione; siccome le terre sono di differente qualità e le circostanze sociali favoriscono diversamente le aziende, il calcolo e l'accertamento della rendita possono divenire un mezzo per meglio ripartire. L'esperienza, allora, insegnerà ai privati in che momento l'uso della rendita divenga dannoso e immorale per tutti; in questo caso l'abuso si reprimerà da sè stesso e non rimarranno che diritto e libertà.

Il proprietario faccia pure debiti sulla sua proprietà, come sul suo abito o sul suo orologio; l'operazione può essere dannosissima per lui e deprimente per la ricchezza del paese, ma non per questo lo Stato interverrà, se non per fare concorrenza agli usurai, procurando a chi deve indebitarsi danaro a migliori condizioni. Il credito ipotecario è il modo per cui la proprietà fondiaria entra in rapporti con la ricchezza mobiliare; il lavoro agricolo col lavoro industriale; tutto ciò è per sè stesso una ottima cosa, perchè facilita le iniziative, contribuisce alla potenza produttiva e diventa un nuovo mezzo di livellamento. Solo l'esperienza può determinare per ognuno l'opportunità e la libertà, può fissare la misura e imporre un freno.

Infine il proprietario volti e rivolti o lasci riposare la sua terra come gli sembrerà ben fatto; faccia piantagioni o vivai o niente; vi lasci crescere rovi o vi collochi bestiame, è padrone lui. Naturalmente la società avrà la sua parte del danno causato da uno sfruttamento fiacco o sbagliato, come essa soffre di ogni vizio e di ogni aberrazione individuale. Ma è meglio per la società subire questo danno anzichè scongiurarlo con regolamentazioni. Napoleone I diceva che se avesse visto un proprietario lasciare il suo campo incolto gli avrebbe tolto la proprietà. Era un sentimento di giustizia irragionevole che ispirava il conquistatore. No, nemmeno nel caso in cui piacesse al proprietario di lasciare le sue terre incolte voi dovete intervenire, o capo dello Stato. Lasciate fare al proprietario, perchè l'esempio non sarà contagioso, e non introducetevi in un labirinto senza uscite. Voi permettete ad un proprietario di abbattere una foresta che fornisce da riscaldarsi a tutto un distretto; permettete ad un altro di trasformare in parco venti ettari di terra adatti per il grano e di allevarvi volpi. Perchè non sarebbe permesso ad un altro di coltivarvi rovi, cardi e spini? L'abuso della proprietà è il prezzo che voi pagate per le sue innovazioni e per i suoi sforzi: col tempo essa si correggerà. Lasciate fare.

In tal modo la proprietà, fondata sull'egoismo, è la fiamma in cui l'egoismo si purifica. Per mezzo della proprietà l'io individuale, insociale, avaro, invidioso, geloso, pieno di orgoglio e di mala fede, si trasfigura e si rende simile all'io universale, suo signore e modello. Quell'istituzione, che, come fu tacciata dal cristianesimo, sembrava fatta per divinizzare la concupiscenza, è invece proprio quella che riporta la concupiscenza alla coscienza. Se mai l'egoismo potrà identificarsi o adeguarsi in noi alla Giustizia; se la legge morale sarà voluta con lo stesso zelo che si nutre per il guadagno e la ricchezza; se, come voleva Hobbes, la regola dell'utile potrà servire un giorno a regola del diritto (e non si può dubitare che non sia tale, infatti, il fine del progresso) il mondo dovrà questo miracolo alla proprietà.

10. – A seconda che consideriamo la proprietà nei suoi principî o nei suoi fini, essa ci apparirà come la più grande e la più sconcia delle immoralità, o come l'ideale delle virtù civili e domestiche.

Guardate questa faccia volgare su cui non brilla alcuna scintilla di genio, di amore, di onore. Losco l'occhio, falso il sorriso, insuscettibile di vergogna la fronte, i lineamenti duri, la mascella formidabile, non da leone, ma da ippopotamo. Tutto l'insieme della fisionomia sembra dire: niente vale, all'infuori dell'avere ricchezze, dell'averne molte comunque acquistate. Il personaggio non è tanto rozzo da non comprendere che la proprietà non è un merito; ma non dà alcuna importanza al merito, convinto che nobiltà, capacità, attività, ingegno e probità, tutto ciò che gli uomini stimano, è niente senza l'Avere; e chi può dire Io ho può benissimo disinteressarsi del resto. Non disputerà con voi sull'origine e sulla legittimità della proprietà perchè egli stesso è incline a credere che la proprietà in origine non fu che un'usurpazione su cui il legislatore ha poi passato la spugna. Ma siccome secondo lui ciò che servì all'inizio può servire anche in seguito, non ha che una preoccupazione: aumentare il suo avere con tutti i mezzi equivoci che servirono a stabilirlo, salvo il rispetto per i birri. Sfrutta i poveri, contrasta il salario all'operaio, saccheggia e racimola dapertutto, portando via un solco al campo del vicino e spostando i confini quando può farlo senza essere scoperto. Ne ho visto uno che raccoglieva con le mani la terra da un fosso di confine e la portava dalla parte sua: si sarebbe detto che la mangiasse. A lui incombe il compito di ricavare tutto il possibile dalla rendita fondiaria e dall'interesse del danaro; perciò non c'è peggiore usuraio, come non c'è peggior padrone o peggior pagatore.

Per il resto è ipocrita e codardo perchè ha paura del diavolo come della giustizia e teme la pena ma non il discredito; giudica gli uomini alla sua stregua, cioè li considera tutti bricconi; soprattutto estraneo agli affari pubblici non si occupa di politica se non per fare alleggerire la sua quota di tasse o farsi pagare il suo voto, felice se troverà accanto a sè cittadini pieni di pregiudizi il cui suffragio incorruttibile gli permetterà di trarre buon partito dal suo. Questo è il proprietario esattamente secondo il suo principio, cioè secondo l'egoismo e il contenuto della proprietà.

Volgete adesso gli occhi dall'altro lato e considerate questa figura in cui si rivelano, con la franchezza e la dignità, i più elevati sentimenti. Ciò che lo distingue subito è che mai nel candore della sua anima avrebbe inventato la proprietà. Avrebbe protestato con tutta la forza della sua coscienza contro questa istituzione dell'assolutismo e dello abuso; per il rispetto del diritto e nell'interesse delle masse avrebbe mantenuto il vecchio sistema del possesso: e senza accorgersene, e contrariamente alla sua formale intenzione, avrebbe eternizzato il dispotismo nello Stato, la schiavitù nella società.

Attualmente la proprietà esiste e la circostanza fortuita della nascita ha fatto di lui uno dei proprietari. Egli possiede senza essere posseduto e crede alla buona fede di un principio che non ha affatto voluto e la cui responsabilità grava su tutti. Ma egli riconosce gli obblighi inerenti alla proprietà e se la legge non domanda nulla, la sua coscienza gli impone tutto. Principe del lavoro, custode delle leggi e della libertà, ai suoi occhi la vita del proprietario non è una vita di godimenti e di parassitismo, ma una vita di lotta.

In Roma antica esso, nobile lavoratore, austero capo di famiglia, riunendo nella sua persona la triplice qualità di sacerdote, giudice e duce, rese immortale e pari a quello di re, il nome oggi quasi ridicolo di cittadino. Nel 1789 egli si armò contemporaneamente contro il despotismo feudale e contro lo straniero. La coscrizione ha sostituito i battaglioni di volontari; ma se le armate dell'impero hanno rivaleggiato in coraggio con quelle della repubblica, sono rimaste inferiori in virtù. Amico del popolo lavoratore, ma non suo adulatore, attende l'eguaglianza dal progresso; nel 1848 ha detto che la democrazia aveva per scopo non di accorciare gli abiti, ma bensì di allungare le vesti; è sempre esso infine che sostiene la società contemporanea contro gli assalti di un'industrialismo sfrenato, di una letteratura corrotta, di una demagogia linguacciuta, di un gesuitismo senza fede e di una politica senza principî. Tale è il proprietario secondo i suoi fini e, si potrebbe dire, secondo lo spirito.

Capitolo VI

GARANZIE PER EQUILIBRARE

LA PROPRIETÀ

1. Benefici risultati e alterne vicende della proprietà – 2. Ricerca di garanzie per equilibrare la proprietà – 3. L'azione della proprietà su sè stessa, come primo sistema di garanzie – 4. La separazione dei poteri, il decentramento, l'imposta, il regime dei debiti, l'organizzazione dei pubblici servizi, le associazioni industriali e agricole e il commercio internazionale, come secondo sistema di garanzie per il livellamento e il consolidamento della proprietà – 5. La proprietà, efficacemente garantita, serve a sua volta di garanzia alla libertà e di contrappeso allo Stato – 6. Mutuo rispetto degli abusi della proprietà come mezzo per infrenare gli abusi.

Credo di avere provato con soddisfazione del lettore, che la proprietà non può trovare la sua ragione giustificativa in alcun principio giuridico, economico, psicologico o metafisico, e in alcuna origine, sia usucapione, prescrizione, lavoro, conquista o concessione del legislatore, e che a questo riguardo la giurisprudenza è del tutto fuori strada, se pure ha solamente compreso il problema. Questo è stato, dal 1839 al 1858, l'oggetto della mia polemica.

Aggiungo adesso che se si studia la potenza abusiva della proprietà nelle sue conseguenze politiche, economiche e morali, si scorge in questo fascio di abusi un'energica funzionalità che desta subito nello spirito l'idea di una missione altamente civilizzatrice, provvidenziale per il diritto come per la libertà. Di guisa che, se lo Stato, con la divisione e il contemperamento dei suoi poteri ci appare subito come il regolatore della società, la proprietà si rivela subito come la sua forza, a tal segno che, sopprimendola, falsandola, o sminuendola, il sistema sociale si arresta e non si ha più nè vita nè movimento.

Tuttavia, anche considerando questo complesso di benefici risultati che siamo riusciti a scoprire con l'analisi dell'assolutismo proprietario, la ragione rimane sospesa. Il male è tale, l'iniquità tanto grande, che non si sa bene se i vantaggi di questa istituzione non siano pagati troppo cari tollerando i suoi abusi, e ci si domanda se, tutto sommato, il letargo del comunismo o il purgatorio del feudalesimo non siano preferibili all'inferno della proprietà.

Fin dall'inizio della civiltà la proprietà è naufragata parecchie volte, sia per l'aggravarsi dei suoi abusi, sia per la sua troppa leggerezza e debolezza. Essa s'ingrandisce o si restringe ad libitum, tanto che dalla servitù alla proprietà non si trova una sensibile linea di demarcazione, ed è possibile riconoscerle solo dalle loro manifestazioni estreme. È come un cerchio elastico che si allarga e si restringe in perpetuo. A Roma, mentre il diritto quiritario si generalizza a causa del trionfo della plebe, perde la sua prerogativa politica e degenera in un mostruoso privilegio che s'inabissa sotto la maledizione cristiana, trascinando nella sua caduta l'impero e la società. Dopo l'invasione dei barbari, i quali si fanno premura di adottare la proprietà romana sotto il nome di allod, allodio, come facevano per tante altre istituzioni, la vediamo nuovamente degradarsi e perire. Subendo l'azione combinata dell'Impero e della Chiesa, l'allodio si converte in feudo, e questa volta non tanto a causa dei suoi abusi, quanto a causa della scarsa coscienza di se stessa e per scoraggiamento. Il barbaro era troppo giovane per la proprietà. A sua volta la Rivoluzione francese ha inaugurato, consacrato e volgarizzato la proprietà, ma di nuovo, dopo soli settant'anni di esistenza, la vediamo disonorarsi con il più vergognoso egoismo e il più scandaloso aggiotaggio, minata dalla bancocrazia, attaccata dallo statalismo, svalutata dalle fazioni, spogliata senza lotta della sua prerogativa politica, abbandonata all'odio delle classi lavoratrici, e pronta a subire con riconoscenza l'ultimo affronto, la sua trasformazione in mera rendita pecuniaria . Sarebbe dunque vero che, come già i guerrieri di Clodoveo e di Carlomagno, come la plebe del tempo dei Cesari, i francesi dell'89, del 1830 e del 1848 non erano ancora maturi per la libertà e per la proprietà?

In tal modo la società sarebbe sottoposta ad una specie di flusso e riflusso, perchè si eleva coll'allodio e si abbassa col feudo; nulla è immobile ma tutto è oscillante; e se noi ora sappiamo cosa pensare circa i fini della proprietà, e conseguentemente circa le cause del suo progresso, sappiamo anche a cosa attribuire la sua decadenza. Lo stesso assolutismo ne produce a volte il rialzo, a volte il ribasso.

Da principio il proprietario combatte per la sua dignità di uomo e cittadino, per l'indipendenza del suo lavoro e per la libertà delle sue iniziative. Egli si afferma come giudice e sovrano, che possiede in virtù del suo essere uomo, e senza dipendere da nessuno, e rifiuta ogni sovranità politica o religiosa. Quindi stanco dello sforzo e comprendendo che la proprietà è più difficile a mantenersi che a conquistarsi e ritenendo che il benessere è preferibile alla gloria e al prestigio, egli transige con il potere pubblico, abbandona la sua iniziativa politica in cambio di una garanzia di privilegio, vende il suo diritto di primogenitura per un piatto di lenticchie, divorando il suo onore con la sua rendita e provocando con il suo parassitismo l'insurrezione del proletariato e la negazione della proprietà.

È possibile spezzare questo circolo? È possibile, in altri termini, abolire l'abuso della proprietà e rendere l'istituzione irreprensibile? Oppure è necessario lasciarsi trasportare dall'andazzo delle rivoluzioni, oggi con la proprietà contro la tirannia feudale, domani con la democrazia assolutista e la speculazione contro il borghese ed il suo diritto quiritario? Ormai questi sono i termini di tutta la questione. Contro siffatto problema si sono arenati l'antichità ed il medio evo; io ritengo che spetti alla nostra epoca di risolverlo.

2. – La proprietà è assoluta ed abusiva: imporle condizioni e regolamentarla significherebbe distruggerla. Persuasi ormai del principio che la proprietà, cioè l'onnipotenza del cittadino sulla porzione di dominio nazionale che gli è stata devoluta, è al disopra di ogni legge, noi avremo cura di non cadere nell'errore delle scuole riformiste e dei regimi di decadenza che interpretando tutti falsamente la definizione latina dominium est jus utendi et abutendi, quatenus juris ratio patitur, non hanno saputo lavorare che a distruggere la libertà stessa, sottoponendo la proprietà a condizioni e regolamenti. Occorre prendere altre vie.

Notiamo prima di tutto che la proprietà essendo abusiva ed assolutista, deve essere in contraddizione con se stessa come io ho dimostrato nel sistema delle contraddizioni economiche (t. II, capitolo XI); essa deve fare a se stessa opposizione e concorrenza e tendere a limitarsi, se non a distruggersi, e per conseguenza ad equilibrar se stessa. L'azione della proprietà su se stessa al di fuori del potere pubblico e delle leggi sarà il nostro primo mezzo.

Notiamo in seguito che la proprietà, qualunque sia la sua importanza nella società, non esiste come unica funzione politica, istituzione economica e sociale; essa non costituisce tutto il sistema. Essa vive in un centro organizzato, circondata da un certo numero di funzioni analoghe e di speciali istituzioni, senza cui non potrebbe sussistere, e su cui per conseguenza essa deve contare. Così pure l'uomo libero vive in mezzo ai suoi simili, dai quali non può prescindere; nel seno della natura circondata da ogni sorta di cose create, animali, vegetali e minerali che non può ignorare e da cui non può prescindere. Tutto ciò non gli impedisce di essere libero e di potersi dire inviolabile in quanto possa esserlo una creatura fatta di carne e d'ossa e vivente in mezzo ad altre creature. L'influenza delle istituzioni sarà nei riguardi della proprietà il nostro secondo mezzo di governo.

Poichè a tutti i proprietari è accordata la stessa libertà di azione e la stessa legge li protegge tutti egualmente, deve fatalmente accadere che le proprietà, negli ambienti economici in cui sono sistemate, entrino in concorrenza fra loro e tendano ad assorbirsi reciprocamente. Infatti ciò accade e si osserva dovunque esistano proprietà in rapporti di vicinanza o in rivalità di esercizio, così per l'agricoltura come per l'industria. Iniziata la lotta, quale ne sarà l'esito? È facile prevederlo.

Se la protezione dello Stato verso i proprietari è insufficiente o nulla, se vi sono favoritismi e preferenze per persone o per caste e se le condizioni di esercizio sono disuguali, i grandi proprietari assorbiranno i piccoli, i grandi imprenditori soffocheranno i più deboli, i privilegiati distruggeranno i non privilegiati. Questa fu a Roma la sorte dei possessi dei plebei nei riguardi della proprietà dei patrizi; più tardi, sotto l'impero, il risultato della lotta scoppiata fra le grandi imprese dei nobili con mano d'opera servile contro le piccole proprietà coltivate da mani libere fu identico; questo nel Medio Evo fu il destino dei piccoli allodi costretti, sotto la pressione dei conti e dei vescovi, a trasformarsi in possessi precari e feudi; questa è, come vediamo oggi, la mala sorte dei piccoli industriali, schiacciati dalla concorrenza dei grandi capitali.

3. – Se al contrario la protezione dello Stato è effettiva e garantita per ognuno; se le condizioni di esercizio sono rese eguali da un complesso di istituzioni liberali e da un buon disimpegno delle pubbliche funzioni; se finalmente un buon sistema di pubblica istruzione tende ad eguagliare le capacità personali, l'effetto della concorrenza fra le proprietà sarà precisamente il contrario. Siccome è evidente che a parità di altre condizioni la proprietà raggiunge il massimo della forza dove è esercitata dal proprietario stesso, la lotta si svolge sfavorevolmente per i grandi, con successo per i piccoli. La grande proprietà, infatti, richiedendo per il suo funzionamento, personale direttamente dipendente e salariato, oppure il sistema dell'affitto – due surrogati del servaggio feudale – costa di più e produce di meno. Dunque, impartite l'educazione alle masse, istruite i contadini, ispirate a tutti il senso della loro dignità, insegnate loro a rendersi conto del loro potere e dei loro diritti: ben presto vedrete diminuire i lavoratori domestici e i salariati, trasformarsi le condizioni d'affitto e gradatamente le proprietà ridursi all'estensione media, che può essere sfruttata da una famiglia di contadini forte per braccia, intelligenza e coesione. In questo caso nulla impedisce che, associandosi parecchie famiglie per certe operazioni, si riesca a riunire i vantaggi della grande azienda con quelli della piccola proprietà. Così diviene inevitabile la fine della grande proprietà e si rende impossibile ogni nuovo agglomeramento.

Ciò che ho detto non è che l'indicazione di un primo mezzo che sarebbe ancora insufficiente se per ogni altro riguardo continuassero ad esistere la anarchia economica e l'oppressione capitalista del lavoro, e se l'abuso accentratore continuasse ad impastoiare la società ed a consumare lo Stato. Occorre quindi fare appello a nuovi mezzi ausiliari.

4. – Fra le istituzioni che rendono possibile la libertà e l'eguaglianza, e la cui esistenza, anteriore o posteriore che sia alla fondazione della proprietà, è inerente al diritto, io reputo:

a) la separazione dei poteri dello Stato;

b) il decentramento;

c) l'imposta (Vedere la mia Teoria dell'imposta, premiata dal Consiglio di Stato di Losanna);

d) il regime dei debiti, pubblici, ipotecari, a rischio e partecipazione;

e) le banche di circolazione e di credito;

f) le associazioni industriali e agricole;

g) il commercio internazionale.

Molte volte, da venti anni a questa parte, ho trattato queste gravi questioni, ora separatamente, ora da un punto di vista complessivo, ma sempre soprattutto nell'interesse delle classi operaie. Ho ritenuto che le circostanze non mi permettessero di fare altrimenti.

Tuttavia le cose parlavano abbastanza da sole affinchè la piccola e la media proprietà, la piccola e la media coltura, la piccola e la media industria comprendessero che si trattava di esse non meno che del proletariato. È chiaro che se si indica con 100 il diritto di ogni cittadino, ogni individuo il cui avere è al di sotto di cento per effetto delle aberrazioni politiche, economiche e sociali, deve essere ritenuto creditore della differenza, e che prendendo la parola in nome di quelli che hanno perso tutto, non intendevo escludere coloro ai quali la generale bancarotta toglie soltanto 30, 50 o 80; e nemmeno intendevo escludere coloro che trovandosi alla pari o al di sopra della pari mancano di garanzie per l'avvenire. La causa è comune a tutti, e per conseguenza sono comuni i principî della riforma.

Non è questo il luogo per entrare in una discussione approfondita di questi procedimenti e di questi mezzi, poichè usciremmo dalle proporzioni di questo studio e d'altronde quei miei lettori che da dieci anni mi hanno fatto l'onore di seguirmi sanno ciò che dovrei dire loro. È sufficiente per adesso che io indichi in poche parole i rapporti di queste diverse istituzioni con la proprietà.

La separazione dei poteri nello Stato è essenzialmente legata alla proprietà, perchè senza tale separazione il regime di governo e con esso la società ricadono nel sistema gerarchico, che implica la trasformazione della proprietà in possesso subordinato o in feudo. Altrettanto dico per il decentramento, poichè la proprietà è federalizzata per sua natura e ripugna al governo unitario.

In quanto concerne l'imposta ho dimostrato altrove che, in regime di libertà e di proprietà, essa non è più una forma di canone, bensì è il prezzo di un servizio, cioè, uno scambio. Ho anche dimostrato che questa imposta, ossia la somma dei servizi che si domandano allo Stato, non deve in una sana economia superare il ventesimo del prodotto lordo della nazione, e che il modo meno oneroso è di far gravare, per due o tre quinti, l'onere tributario sulla rendita, combinando la progressività e le imposte di diversa natura in guisa da avvicinarsi il più possibile ad una ripartizione equa. È chiaro infatti che alla proprietà, considerata nelle generalità dell'istituzione, non interessa tanto ciò che si impone sulla rendita, quanto l'uguaglianza delle condizioni che in questo modo si stabiliscono fra i proprietari, poichè, come abbiamo dimostrato sopra, la proprietà fiorisce e si sviluppa con l'eguaglianza, mentre si corrompe e perisce in regime di disuguaglianza.

Altrettanto dico per i debiti e, conseguentemente, per il credito. Una nazione di 37 milioni di anime, su cui grava un debito pubblico e privato, oscillante da 25 a 30 miliardi di franchi all'interesse medio del 6%, cioè il doppio del prodotto netto della terra, è sovraccarica. Bisogna attuare una delle due seguenti misure: o ridurre la somma dei debiti e limitarla a 5 o 6 miliardi, al 5%, oppure, mediante una nuova organizzazione del credito, fissare il tasso dell'interesse all'1 e mezzo o all'1%.

La limitazione dei debiti non sarebbe utile nè alla proprietà agricola nè a quella industriale, che hanno bisogno di capitali; rimane da procurare la riduzione degli interessi mediante un sistema mutualistico di credito e mediante un'intelligente amministrazione. Il credito fondiario non può e non deve essere altro che il risparmio stesso della nazione; è la banca di deposito di tutti i consumatori produttori che, spendendo meno di quanto incassano, cercano per le loro economie una sistemazione sicura con un piccolo reddito, in attesa di trovare un miglior impiego dei loro fondi.

Quanto ai servizi pubblici, che oggi sono abbandonati a compagnie monopoliste, non c'è proprietario il quale non comprenda che è nel suo massimo interesse avere i trasporti, le commissioni, i diritti portuali di scalo, di deposito, ecc. al saggio più basso possibile. Solo in questo modo potranno sostenersi le piccole aziende e il piccolo commercio, mentre la parte più cospicua dei beneficî realizzati dal grande commercio e dalla grande industria derivano per lo più dagli sconti ottenuti, in ragione della loro massa di affari, dalle garanzie che offrono presso banchieri, commissionari e intermediari di ogni sorta.

Le associazioni industriali e agricole, in cui sono comprese le associazioni operaie dove possono giovevolmente formarsi, hanno per oggetto non tanto di sostituire l'iniziativa individuale con un'azione collettiva, come si è creduto a torto marcio nel 1848, ma di assicurare ad ogni impresario della piccola e della media industria, come ai piccoli proprietari, i benefici delle scoperte, delle macchine, dei miglioramenti e dei procedimenti che, senza il loro concorso, sarebbero stati inaccessibili alle imprese e ai patrimoni mediocri. Combattere l'individualismo quale nemico della libertà e dell'eguaglianza, come si era assurdamente ritenuto nel 1848, non è un modo di stabilire la libertà, che è essenzialmente, per non dire esclusivamente, individualista; non è un modo di fondare l'associazione, la quale deve comporsi unicamente di individui, bensì è un ritorno al comunismo della barbarie e al servaggio feudale; significa ammazzare insieme la società e le persone che la compongono. (Vedere, circa l'organizzazione degli opifici: la Giustizia nella Rivoluzione e nella Chiesa, 6a puntata, cap. V, Bruxelles, 1859).

Una questione che interessa in sommo grado la proprietà, e che mette singolarmente in rilievo il suo carattere, è quella del commercio internazionale. Negli ultimi trent'anni la schiera degli economisti ha profuso su questo soggetto una tale quantità di declamazioni, di equivoci, di calunnie e di sofismi, che non è affare da poco ricondurre il problema a dati di fatto chiari e intelligibili.

Supponiamo uno Stato, quale l'odierno Egitto, organizzato come una specie di comunismo statale, in cui il Principe è l'unico proprietario, l'unico sfruttatore del suolo, l'unico industriale, l'unico commerciante, mentre l'intera nazione è affittuaria, operaia e salariata; in condizioni tali la questione del commercio estero non presenterebbe alcun imbarazzo. Poichè tutti gli interessi si riassumerebbero in un interesse unico personificato nel capo dello Stato, questo non dovrebbe basarsi che su sè stesso, e, salvo errori di calcolo, sarebbe sicuro che, qualunque cosa facesse, agirebbe in vista del suo maggiore interesse, che sarebbe nello stesso tempo l'interesse generale. Egli considererebbe i suoi registri, esaminerebbe il costo di produzione, farebbe il conto dei suoi bisogni e delle sue disponibilità, e quindi offrirebbe le sue eccedenze, sia in cambio di altri prodotti, sia per danaro contante.

Se fra i prodotti analoghi dei paesi esteri ne trovasse alcuni i cui prezzi fossero inferiori ai suoi, procurerebbe di ridurre le sue spese e di sostenere la concorrenza; potrebbe anche, in certi casi, abbandonare qualche produzione svantaggiosa, e dedicarsi di preferenza ad altre meno onerose e più redditizie. Ma tutto ciò, beninteso, non potrebbe avvenire se non a condizione che la natura del paese, il livello industriale, le attitudini del popolo, le possibilità di cambiamenti e le risorse complessive glielo permettessero; mai, in nessun tempo egli abbandonerebbe un ramo dell'agricoltura o dell'industria sotto il pretesto che i prodotti relativi potrebbero venirgli dall'estero a più basso prezzo. La prima legge per l'uomo condannato a vivere del proprio lavoro è di trarre il massimo partito da ciò di cui dispone e di fare a meno del soccorso interessato degli altri.

Piuttosto il grande imprenditore di cui parlo cercherebbe di importare dai paesi esteri certe coltivazioni e certe industrie, i cui prodotti gli sono indispensabili; e lo farebbe tanto per esimersi da questa specie di tributo quanto per crearsi, all'occorrenza una garanzia contro le esigenze degli importatori. Soprattutto si guarderebbe bene dall'acquistare merci in più di quanto possa pagare regolarmente con l'eccedenza dei suoi prodotti, perché ciò l'obbligherebbe a un saldo in moneta contante, lo depaupererebbe di metallo prezioso e, rendendolo debitore, nuocerebbe alla sua indipendenza politica.

Tutto ciò appartiene alle più elementari norme del buon senso e non esiste al mondo un negoziante o un imprenditore che si governi con diversi principî.

5. – Ma supponiamo adesso che una rivoluzione rovesci il despota e il paese di cui parliamo passi dal regime di comunismo statale a quello della proprietà. La terra è divisa e l'industria e il commercio sono ripartiti fra una serie di imprenditori: tutti, conduttori del suolo, industriali, armatori sono dichiarati indipendenti gli uni dagli altri, conformemente alla legge di proprietà. Cosa ne conseguirà? Ogni proprietario e impresario ragionerà come l'exre nei confronti dell'estero, ma siccome a causa della divisione gli interessi sono divenuti divergenti, si vedrà una parte della nazione aumentare i suoi benefici profittando delle offerte dall'estero, mentre un'altra, non trovando acquirenti nè all'interno nè all'estero, andrà in rovina. Allora si rivelerà questa contraddizione dolorosa: mentre la legge della proprietà, approvata all'unanimità, dichiara tutti i proprietari, gli industriali, i coltivatori, i commercianti e gli armatori indipendenti nel loro commercio e nella loro attività, la natura delle cose che li ha riuniti in uno stesso territorio e l'economia politica che considera tutte le arti, professioni e mestieri come divisioni e suddivisioni dello stesso lavoro, dichiarano da parte loro che tutte queste persone indipendenti sono invece solidamente collegate!...

E l'esperienza lo dimostra: sotto l'antico regime tutti avevano la loro esistenza assicurata e mancava loro solo una cosa, la libertà; dopo la Rivoluzione essi sono liberi, ma mentre alcuni fanno fortuna altri falliscono e cadono nella più assoluta indigenza. Ed è la stessa causa che produce questo doppio risultato: la libertà delle relazioni con l'estero, l'individualismo dello scambio.

Io non conosco nulla di più indegno, stupido e abominevole dell'agitazione inscenata da venticinque o trent'anni in Inghilterra, in Francia e in tutta Europa dai vari Cobden, Bastiat e da tutta la fazione dei sedicenti economisti, appoggiati da tutti gli aderenti sansimonisti. Si è fatto abuso dell'opposizione dei principî, inerente alla società, per rendere oscura la cosa più chiara del mondo; si sono spinti gli uni contro gli altri interessi che la fatalità della loro situazione rendeva antagonisti; si è sorpresa la buona fede di un capo di Stato, che ha creduto di fare atto di patriottismo e di progresso sacrificando ad un esperimento assurdo la fortuna e i mezzi di vita di parecchi milioni di suoi soggetti... È vero che fra gli oppositori molti offrivano il fianco alla critica e che se la protezione può essere giudicata necessaria in certi casi e in una certa misura, troppo spesso ha servito di pretesto a sovvenzioni delittuose e a odiosi monopoli. In questo caso, come sempre, la proprietà si è distinta per la sfacciataggine dei suoi abusi; e se a proposito del libero scambio l'abbiamo sentita gridare contro se stessa è perchè essa si conosceva bene.

Cosa fare adesso? Bisogna ritornare indietro, viste le conseguenze del principio, e dopo aver additato la meravigliosa missione dell'istituto della proprietà nei suoi più deplorevoli abusi, dichiararla impotente nei riguardi dell'estero? Bisogna riabilitare le dogane e, mentre siamo soverchiati dalla polizia e dal potere statale, avvilupparci anche in una rete di protezione? No, non sarà detto che il diritto e la libertà si sconcertino per un'antinomia di più. Di che si tratta? Di far vivere insieme due principî inconciliabili. Ebbene, la scienza politica e quella economica si ripropongono proprio questi compiti. Anche noi, in questo capitolo e nei precedenti, non abbiamo fatto altro.

Senza dubbio la proprietà, assoluta, abusiva, indipendente non è solidarista; tale è la sua natura e guardiamoci bene dal contraddirla. Ma parimenti senza dubbio in una società organizzata gli interessi e le fortune, come i lavori e le funzioni, sono collegati e solidali come il suolo che li sostiene. Tutto ciò è ugualmente vero. Ragione di più, quindi, perchè si debbano effettuare le riforme precedentemente indicate in relazione al credito e alle imposte. È compito della proprietà di garantire la proprietà, come di tener testa al potere pubblico. Mediante l'abbassamento progressivo del tasso d'interesse, mediante la riduzione egualmente progressiva e la perequazione delle imposte, e mediante l'abolizione dei debiti ecc., le spese di produzione in Francia potranno essere ridotte del 15, 20 e 25 per 100. Ecco che si dà un margine alle attività che stentano. Contemporaneamente, poichè grazie a questa riduzione degli interessi il metallo prezioso è sempre meno ricercato, aumenta la domanda dei prodotti: ecco che si facilitano gli scambi. Infine ogni proposta di incoraggiamento ad una attività nuova o lasciata in sospeso venga sottoposta all'approvazione dell'assemblea nazionale e le misure di protezione si limitino alle spese di installazione e di avviamento, il che dispenserà da ogni sorveglianza e da ogni gestione. Così avrete la massima libertà possibile di commercio, di proprietà e d'industria, unita alle più efficaci garanzie.

Fra nazioni reputate eguali e che godono delle stesse garanzie civili e politiche, la concorrenza deve essere libera e per conseguenza illimitata. L'unica protezione, o se si preferisce l'unico ostacolo all'importazione di prodotti similari, consiste nelle distanze. Allorchè una nazione può fare concorrenza ad un'altra nazione nel territorio di questa, e toglierle il proprio mercato, sopportando per questo, oltre alle spese ordinarie di produzione, considerevoli spese di trasporto, è segno che la nazione in tal modo attaccata e vinta è decisamente incapace, oppure che essa è male amministrata, male gestita, sovraccarica di imposte e di spese parassitarie; è segno che essa ha bisogno di una riforma. (Consultare su tutta questa materia: Organizzazione del credito; Teoria dell'Imposta; Sistema delle contraddizioni economiche, volume II, cap. IX).

Questo è il modo di operare il livellamento e il consolidamento della proprietà, sotto pena per questa di ricadere in tutela, e per la società di ricominciare un andamento di rivoluzione e di catastrofe. E, tornando al concetto fondamentale di questo libro, è in questo modo che la proprietà, circondandosi di garanzie che la rendono contemporaneamente più eguale e più salda, serve essa stessa di garanzia alla libertà e di contrappeso allo Stato. Se la proprietà è consolidata, moralizzata e attorniata di istituzioni protettrici, o per dir meglio liberatrici, lo Stato si trova innalzato al più alto grado di potenza mentre il timone rimane in mano ai cittadini. La politica diventa una scienza, o per meglio dire una forma di giustizia, poichè l'interesse particolare diventa identico all'interesse generale, ogni cittadino è in grado di apprezzare, secondo il contraccolpo che subisce nella sua proprietà e nella sua industria, la situazione degli affari e l'andamento del governo. La fine del dottrinarismo e del proletariato, le due piaghe dei tempi moderni, è finalmente giunta.

6. – La costituzione della proprietà, colla cerchia di istituzioni che la garantiscono e alle quali essa serve di perno, ci spiega adesso due cose che da principio sembravano contraddittorie: come la proprietà può essere purgata nei suoi abusi e ciononostante conservare la sua inviolabilità: e infine come si è potuto definirla diritto di usare e di abusare, e fare nello stesso tempo riserva contro di essa per ragione del diritto, juris ratio, e per l'osservanza dei regolamenti.

Ho già messo in evidenza che la creazione di nuove istituzioni, analoghe alla proprietà, l'organizzazione di certi servizi e l'inaugurazione di certe funzioni non recavano deroga alla proprietà più di quanto l'esistenza degli animali e delle piante non pregiudichi la libertà dell'uomo. La proprietà sussiste in mezzo a queste creazioni della società, come l'uomo in mezzo alle creazioni della natura; esse non lo riguardano per nulla se non gli piace di servirsene, come anche la proprietà vi attinge forze nuove e mezzi di azione più energici dal momento in cui mettendosi in esercizio tutte le proprietà, ognuna comincia a risentire gli effetti della concorrenza. Quale sarà adesso il risultato della lotta dal momento che l'individuo, non essendo più abbandonato a se stesso, troverà dovunque attorno a sè soccorsi, garanzie, protezioni? È ciò di cui occorre rendersi conto.

L'istinto acquisitivo, presso tutti gli uomini è indefinito e perciò eguale. Servito da facoltà disuguali di realizzazione, tale istinto non può pervenire che a risultati disuguali: indichiamo questa disuguaglianza con i numeri 1, 2, 3, 4, 5, e ciò equivale a dire in un ambiente in cui la società non fa nulla per l'individuo, un solo uomo può valere come 2, 3, 4 o 5 altri uomini: sproporzione enorme, la quale per poco che sia favorita dai pregiudizi nazionali, dall'organizzazione del potere e dai rapporti tra individui e famiglie, condurrà a disparità di fortuna mille e centomila volte più grandi.

Accade ben altro vigendo le istituzioni che io chiamo di garanzia. Nuovi mezzi d'azione e forze superiori sono messe a disposizione del capo famiglia: indicate queste forze con 10. La differenza fra i soggetti, che prima era come i numeri 1, 2, 3, 4, 5 sarà ora come quella di 1 + 10, 2 + 10, 3 + 10, 4 + 10, 5 + 10, ovverosia effettuando le addizioni, 11, 12, 13, 14, 15. Innalzando per mezzo di una somministrazione generale il livello medio delle capacità da 3 a 13, abbiamo considerevolmente diminuito l'ineguaglianza delle fortune. Stabilite adesso la concorrenza, cioè fate che ogni cittadino, uguale ad ogni altro davanti la legge, libero delle sue azioni e padrone della sua persona, non lavori che per sè stesso, o, se si mette a servizio di altri, che lavori a prezzo liberamente discusso; ne conseguirà che siccome le facoltà, tanto naturali quanto acquisite, dell'individuo meglio dotato, restano fisse mentre le sue iniziative aumentano, e siccome conseguentemente la sua insufficienza cresce in proporzione molto più rapida della sua proprietà, l'ineguaglianza delle fortune diminuirà ancora e tenderà ad approssimarsi ai numeri 101, 102, 103, 104, 105, che è come dire che essa diverrà insignificante. Con tutto ciò si viola forse la proprietà o si reca pregiudizio alla libertà in qualche cosa? Ed abbiamo bisogno di regolamentazioni? La proprietà, appunto perché l'abbiamo fatta assoluta, si dimostra egualitaria, cosa che non ci saremmo attesi ma che è irrecusabile.

Questo per la realtà, cioè per l'economia generale. Per quanto riguarda la definizione o, in altri termini, i rapporti della proprietà con lo Stato, la contraddizione che ci ha tanto imbarazzati non è meno netta.

Il diritto romano dice: «Dominium est jus utendi et abutendi re sua, quatenus juris ratio patitur; la proprietà è il diritto di usare e di abusare della propria cosa, in quanto lo permette la ragione del diritto». La definizione del codice di Napoleone, art. 544, si rifà a quella: «La proprietà è il diritto di godere e di disporre delle cose nella maniera più assoluta, purchè non se ne faccia un uso proibito dalle leggi e dai regolamenti». Il latino, lo ripeto, è più energico e più profondo del francese, ma è meno chiaro. Si potrebbe credere che la riserva «quatenus juris ratio patitur, in quanto lo permette la ragione del diritto», non abbia relazione che con la coscienza e che il pretore abbia voluto dichiarare al di sopra di ogni perseguibilità l'abuso della proprietà, benchè questo stesso abuso fosse condannato dalla coscienza. Ma questa interpretazione non è più vera, come dice formalmente l'articolo 544: la riserva è espressa in nome dello Stato, organo ufficiale e armato del diritto, mentre il proprietario è ben soggetto a giurisdizione. Cosa dunque ha voluto dire il legislatore? È molto probabile che non lo sapesse nemmeno lui, e che egli abbia parlato così per dire.

La verità, secondo me è che se la proprietà è assoluta, anche lo Stato è assoluto e che questi due assoluti sono destinati a vivere uno in faccia all'altro, come il proprietario è destinato a vivere in faccia al proprietario suo vicino, e che proprio dall'opposizione di questi assoluti trae origine il moto politico o la vita sociale, come dall'incontro di due cariche elettriche contrarie scoppia la scintilla motrice, luminosa, vivificante: la folgore.

In tal modo, il diritto di abusare è accordato senza riserve nella sfera della proprietà; ciò che è proibito è invadere il diritto del vicino, e a maggior ragione quello dello Stato. Tutti i proprietari, e con essi lo Stato, abusino a gara della loro proprietà, perchè lo possono; ciò che non possono è impedirsi reciprocamente di abusare. Poichè l'abuso è preso per oggetto del diritto, come il lavoro, la coltivazione o l'uso, è sottomesso, cosa sorprendente ma logica, alla massima del diritto: «Non fare ad altri ciò che non vuoi sia fatto a te». E perchè questo mutuo rispetto dell'abuso? Cosa ancora più sorprendente: proprio affinchè i proprietari, benchè liberi di abusare non abusino più, affinchè lo Stato, detentore della massima proprietà, divenga il tipo dell'amministratore, il modello dell'usufruttuario. Abbiamo dimostrato che in pratica l'abuso della proprietà viene neutralizzato dalle garanzie di cui lo Stato ha cura di attorniarla, mentre l'assolutismo dello Stato si normalizza e diventa giustizia e verità, in grazia alla reazione della proprietà.

Ho detto che costituire la proprietà doveva essere opera dell'epoca nostra; infatti mai, da venticinque secoli che esiste, essa si è costituita in alcun luogo nella pienezza, non dico del suo diritto, ma delle sue garanzie. Roma ha conosciuto a perfezione e definito rigorosamente il diritto di proprietà, dominium est jus utendi et abutendi; ma fino ai nostri giorni l'abuso ha ucciso la proprietà e come ai tempi di Cesare e come nel Medioevo essa è di nuovo in pericolo. Ciò che le è sempre mancato e di cui non ha avuto che la promessa dalla Rivoluzione sono le garanzie. Senza queste preziose garanzie, la proprietà si disorganizza e tende a rovinarsi, trascinando con sè la società e lo Stato, sia che si abbandoni al godimento materialistico di se stessa, sia che si lasci minare sordamente dal fisco, dall'ipoteca, dal frazionamento, dalla ricomposizione dei latifondi, dalla regolamentazione, dall'abuso delle espropriazioni per causa di utilità pubblica, dalle creazioni e dalle dotazioni aristocratiche, dal lavorìo delle fazioni, dalle attrattive della speculazione, sia che, infine, spogliata della sua prerogativa politica, fatta segno alla gelosia della plebe, accettando passivamente ciò che il potere pubblico si degna di lasciarle, e lasciandosi trasformare in un mero privilegio, essa si ritiri dall'azione e lasci agire al suo posto le forze scatenate della ignoranza, della tirannia e della miseria.

7. – Certo che il pericolo è grave e non saranno le dottrine dei nostri giureconsulti fidanti nella Provvidenza che riusciranno a scongiurarlo. Essi non hanno mai capito nulla della proprietà; non ne comprendono nè l'alta missione nè la storia, e il fondamento della loro concezione in questa ardua materia è uno scetticismo immorale.

«Tutte le volte» dice Laboulaye «che la società senza allontanarsi dalla sua direzione provvidenziale, cambia le sue procedure, tutte le volte che trasforma i sistemi patrimoniali o i privilegi politici connessi al suolo, essa è nel suo diritto e non vi si può trovare nulla da ridire in virtù di un diritto anteriore, perchè prima e al di fuori di essa non vi è nulla e in essa è la fonte e l'origine del diritto».

In questo modo lo storico della proprietà spiega le vicissitudini dell'eredità, e la società le abbatte; la società ha istituito la proprietà in luogo del possesso, e dopo è tornata al possesso abbandonando la proprietà; la società ha cambiato l'allodio in feudo e il feudo in allodio e sempre bene . La società – temo che un giorno, tutto può darsi, la società non venga a significare il governo – è nel suo diritto qualunque cosa faccia, e nessuno ha facoltà di trovarvi da ridire.

«La legge civile della proprietà è schiava della legge politica; e mentre il diritto contrattuale, che regola soltanto gli interessi fra uomo e uomo, non ha subito variazioni da secoli (se non in certe forme riguardanti piuttosto la prova che la sostanza propria delle obbligazioni) la legge civile della proprietà, che regola rapporti fra cittadini e cittadini, ha subito parecchie volte cambiamenti radicali, e ha seguito nelle sue modificazioni tutte le vicissitudini sociali.

«La legge dei contratti, attenendosi a quei principî di eterna giustizia che poggiano sul fondo del sentimento umano, è l'elemento immutabile del diritto, e in qualche modo la sua filosofia; al contrario, la legge della proprietà è l'elemento variabile del diritto; è la sua storia, la sua politica».

È difficile per un giurista ingannarsi in modo più completo di come ha fatto in questo passo il Laboulaye. La proprietà non è affatto la schiava della politica; se mai è vero il contrario. La proprietà è il contrappeso naturale e necessario della potenza politica; e il diritto civile della proprietà è il controllo e la determinazione della ragion di Stato. Dove manca la proprietà, o si trova al suo posto il possesso di tipo slavo, o il feudo, c'è dispotismo nel governo e squilibrio in tutto il sistema. La legge dei contratti non può essere posta in antitesi con quella della proprietà che nella sua essenza è altrettanto assoluta quanto l'altra è immobile nel suo principio. La loro differenza non consiste nel fatto che la prima darebbe la filosofia del diritto, mentre la seconda non ne darebbe che la politica o la storia; ma bensì nel fatto che la legge dei contratti è un principio, una nozione elementare di facile e immediata comprensione, mentre la legge della proprietà è un sistema che non si pone, non si sviluppa e non si consolida che col tempo.

Accade della proprietà ciò che accade di tutte le leggi supreme che reggono l'universo, anche quando sono negate dal raziocinio dei filosofi e violate ad ogni momento dal volgo. Così il diritto governa la civiltà, ma dove sono ben conosciute la sua essenza e le sue leggi? Dove è intera e sincera la osservanza del diritto? Così l'equivalenza dello scambio è legge del commercio, eppure l'aggiotaggio è ammesso nella pratica universale. Così l'eguaglianza di fronte alla legge è antica quanto l'istituzione dei tribunali, eppure l'umanità non ha ancora cessato di avere schiavi, servi e proletari.

La proprietà regge gli Stati nello stesso modo: se è presente li mantiene in equilibrio, se si assenta li abbandona alle rivoluzioni e agli smembramenti, portando con sè la sua sanzione, sia che castighi sia che ricompensi. Nessuno può dire in questo momento se di qui alla fine del secolo, qualche decreto di quella Provvidenza che il Laboulaye adora non avrà distrutto la proprietà in Francia; ma una cosa è certa, ed è che in tal caso la Francia avrà perduto, col sentimento della libertà, anche il senso del diritto. È certo che essa sarà divenuta, in tal caso, la peste delle nazioni, e che pertanto sarà giusto trattarla come fu trattata la Polonia nel secolo decimottavo.

Ma scartiamo questi foschi pronostici. L'istituzione della proprietà è finalmente compresa e ne è formulata la teoria. Ora la società o il governo, che s'ingerisce a parlare in suo nome, espropri fin che vuole i patrimoni, come dice il sig. Laboulaye; ne soffriranno alcuni privati, ma la proprietà propriamente detta, possiamo dichiararla indistruttibile! Spetta ora alle classi operaie comprendere la loro missione e regolare in conseguenza la loro azione. Tutte quelle riforme economiche che noi proponevamo nel 1848 come condizioni per la abolizione del proletariato e in cui molti hanno creduto di vedere un avviamento al comunismo, conducono al livellamento e al consolidamento della proprietà. Per esempio, stimate a 120 miliardi la ricchezza mobiliare e immobiliare della Francia, e a 10 milioni il numero delle famiglie; il patrimonio medio di ogni famiglia sarà di 12000 franchi. Una proprietà di 12000 franchi, ben coltivata, basta a dar lavoro e sussistenza ad una famiglia.

Il vostro avvenire, o lavoratori, e l'avvenire della patria, è in ciò. Lasciate da parte le vostre idee di divisione, i vostri progetti di requisizione, di imposte progressive, di massimi di ricchezze, di corporazioni e di tariffe proporzionali; la ripartizione, cioè l'eguagliamento, si farà automaticamente, più rapidamente e meglio con il lavoro, con l'economia, con l'organizzazione del credito e dello scambio, coi servizi a buon mercato, con la perequazione e la riduzione ad un ventesimo dell'imposta, con le trasformazioni, con la pubblica istruzione, e. soprattutto, con la libertà.

Capitolo VII

GIUSTIFICAZIONE DELLA TEORIA DELL'AUTORE

1. Precedenti studi che hanno condotto l'autore all'enunciazione della teoria – 2. La negazione teorica della proprietà premessa necessaria per la sua pratica conferma – 3. Come la proprietà diviene strumento di libertà, di giustizia e di ordine – 4. Differenze fra la teoria dell'autore e quella del Brissot – 5. Confutazione delle critiche alla teoria dell'autore.

1. – Come completamento di questa teoria credo di far bene ricordando qui i miei studi precedenti e raccontando la mia storia. La critica che ho fatto in altri tempi della proprietà ha avuto un'eco soddisfacente e mi ha recato abbastanza noie e ingiurie da permettermi di rivendicarne oggi il frutto; per mezzo di essa, infatti, e solo per mezzo di essa, noi potevamo arrivare alla comprensione e per conseguenza alla sistemazione definitiva della proprietà.

Nel 1840, sono più di ventidue anni, feci il mio ingresso nella scienza economica con la pubblicazione di un volume di 250 pagine, intitolato: Che cosa è la proprietà? Non ho bisogno di ricordare quale scandalo abbia causato la mia risposta, scandalo che continuò ad ingigantirsi per dodici anni, fino al colpo di Stato. Oggi che le menti si sono calmate, oggi soprattutto che pubblico io stesso una teoria della proprietà la quale, ho l'orgoglio di dire, può sfidare tutti gli attacchi, si leggeranno forse con interesse e soprattutto si comprenderanno meglio le mie spiegazioni.

Avevo cominciato da tre mesi appena i miei studi di economia politica quando mi accorsi di due cose: la prima che esisteva un intimo rapporto (ma io non sapevo quale) fra la costituzione dello Stato e la proprietà; la seconda, che tutto l'edificio economico e sociale fondava su quest'ultima e che tuttavia la relativa istituzione non era data nè nell'economia politica nè nel diritto naturale. Non datur dominium in oeconomia, dicevo fra me parafrasando l'aforisma di quel vecchio fisico sul vuoto: la proprietà non è un elemento economico, non è essenziale alla scienza, e niente la giustifica. Donde può derivare? Quale è la sua natura?

Questo fu il soggetto della mia prima Memoria come la chiamai. Prevedevo da allora che la materia sarebbe stata copiosa e che il soggetto era ben lungi dall'essere esaurito.

Ora che non c'è più motivo di tremare per la proprietà, poichè abbiamo fatto apposta un imperatore per difenderla ed io stesso prendo la sua parte, non c'è più, oso lusingarmi, un lettore appena sensato e appena illuminato dalla logica, il quale non riconosca quanto io avessi ragione. La proprietà ha per fondamento il diritto del primo occupante? Ma è assurdo. Deriva dalla conquista? Ma sarebbe immorale. Si deve attribuirla al lavoro? Ma il lavoro non dà diritto che ai prodotti, tutt'al più ad una indennità per l'adattamento del suolo, forse anche ad una preferenza nel possesso, nel possesso intendiamoci bene; mai e poi mai il lavoro può dare il diritto alla sovranità del feudo, a ciò che la legge romana chiamava dominio eminente di proprietà. Altrimenti bisognerebbe dire che ogni affittuario è, ipso facto, proprietario, e che colui che dà in affitto la sua terra se ne spropria. Tutto ciò che è stato spacciato ai nostri giorni circa le fatiche e i meriti del colono sono ciancie sentimentali: non è nè filosofia nè diritto. L'opera pubblicata dal Thiers nel 1848 per la difesa della Proprietà è una mera bucolica. È stato il legislatore che ha creato la proprietà? Ma per quali motivi? In forza di quale autorità? Non se ne sa niente. Se è stato il legislatore che con un atto di suo arbitrio ha istituito la proprietà, lo stesso legislatore può abolirla ed espropriare i patrimoni, come dice il Laboulaye, dal momento che la proprietà è soltanto una finzione legale, un arbitrio; e un arbitrio tanto più odioso in

58

quanto essa lascia fuori di sè la maggioranza del popolo. Bisogna dire, con qualcuno che si picca di metafisica, che la proprietà è l'espressione dell'individualità, delle personalità e dell'io? Ma il possesso basta largamente a questa espressione; ma ancora una volta, se basta dire: questo campo è mio, per averne la proprietà, tutti sono proprietari allo stesso titolo. Ecco scoppiata la guerra civile con l'inevitabile conclusione della schiavitù.

Ora, quando voi avete passato in rassegna la prima occupazione, la conquista, il lavoro, l'autorità del legislatore e la metafisica dell'io, voi avete esaurito tutte le ipotesi dei giuristi sull'origine, sul fondamento della proprietà. Potete chiudere le biblioteche, poichè non c'è nulla di più. O forse dobbiamo credere con il Laboulaye che la proprietà è un articolo di fede la cui discussione deve essere proibita, perchè agire altrimenti significherebbe mettere la società in pericolo? Ma la giustizia è amica della luce, solo il delitto cerca le tenebre. Cur non palam si decenter? La proprietà è dunque il furto?...

Questa dialettica – conveniamone poichè lo possiamo senza pericolo – era tanto invincibile quanto inesorabile e le testimonianze che la legislazione stessa mi dava non erano fatte per sminuirla. Che dire, per esempio, di questa definizione romana: Dominium est jus utendi et abutendi re sua, quatenus juris ratio patitur! e di questa definizione francese ancora più vergognosa: «La proprietà è il diritto di godere e di disporre delle cose nella maniera più assoluta, purchè non se ne faccia un uso proibito dalle leggi e dai regolamenti?». Non è come dire sì e no sulla stessa cosa, dare e riprendere, porre un principio e negarlo subito dopo con l'eccezione? Sia, dicevo: la proprietà sarà tutto ciò che voi vorrete, nei limiti del diritto pubblico e dei regolamenti. Vediamo adesso il diritto pubblico, vediamo i regolamenti!...

2. – La proprietà assoluta! Ma io come discepolo di Kant e di Comte ripugnavo all'assoluto come al soprannaturale, e non riconoscevo che leggi intelligibili e positive come ce ne danno tanti esempi l'astronomia, la fisica, la zoologia, il diritto e la stessa economia politica. Repubblicano per principio, e insieme partigiano delle garanzie costituzionali, combattevo con tutte le mie forze questo assolutismo che il popolo francese aveva immolato nella persona di Luigi XVI e che si voleva farmi adorare nella proprietà.

La proprietà abusiva! Senza dubbio essa non può non esserlo, poichè quando l'abuso cessa di essere la sua prerogativa, essa non esiste più. Ora, è proprio per ciò che io aborro la proprietà. Se voi diceste che il matrimonio è il diritto di usare e di abusare, non solo della propria moglie, che sarebbe già un'infamia, ma della figlia, della madre e della donna di servizio ecc., pretendereste forse che il matrimonio fosse una istituzione rispettabile? L'assolutismo eretto ad idolo e l'abuso preso per ideale; la proprietà dichiarata in tutto e per tutto eccentrica, incondizionata, senza limiti, senza freni, senza regole, senza leggi, anteriore e superiore al diritto e perfino alla società, era esorbitante e inammissibile. E sfortunatamente si poteva dire che tutto ciò non era stato inventato ad arbitrio: i fatti abbondavano nella storia e nei tempi moderni, e gridavano vendetta contro la proprietà.

Penetrando ancora più innanzi nella psicologia del proprietario, seguendo i moralisti più profondi e lo stesso Vangelo, cosa scoprivo? Che la proprietà, che si vantava come il premio del lavoro, il segno della dignità umana, il perno della società e il monumento della saggezza legislativa, non era altro, in fondo, che il supremo atto del nostro egoismo, la solenne manifestazione della nostra passionalità, il sogno di una natura perversa, avara e asociale, che vuole tutto per sè, si arroga ciò che non ha prodotto, esige che le si renda più di quanto ha dato e si fa centro del mondo, disprezzando Dio e gli uomini purchè essa goda i suoi utili! Oh! il cristianesimo, cui senza dubbio non si farà processo, ha ben giudicato la proprietà; esso l'ha esclusa dal regno dei cieli: «Si salveranno solo quei proprietari», ha detto, «che praticano il distacco del cuore e sono piuttosto i custodi e i distributori della loro fortuna che i consumatori. Beati pauperes spiritu, quoniam ipsorum est regnum coelorum».

A questo punto il lettore mi permetta d'interrompermi. Questa critica era fondata, sì o no? Ho motivi per deplorarla e per disdirmi? E la teoria della proprietà che ora pubblico non sarà forse considerata come una ritrattazione? Nulla di tutto ciò, si vedrà.

Fatta la critica, bisognava concludere. Nello stesso tempo in cui pronunciavo, in virtù della mia analisi, la condanna della proprietà, come si è svolta nel diritto romano, nel diritto francese, nell'economia politica e nella storia, io respingevo, in termini non meno energici, l'ipotesi contraria: la comunità. Questa esclusione del comunismo è consegnata nella mia prima Memoria del 1840, capitolo V, e riprodotta con maggiore estensione e forza nel Sistema delle contraddizioni economiche, 1846, capitolo XII.

Qual'era allora la mia concezione? Che la proprietà, essendo un assoluto, una nozione che implica due contrari, o, come dicevo con Kant ed Hegel, una antinomia, doveva essere sintetizzata in una formula superiore che desse pari soddisfazione allo interesse collettivo e all'iniziativa individuale e riunisse tutti i vantaggi della proprietà e dell'associazione senza alcuno dei loro inconvenienti. Davo a questa formula superiore, preveduta e affermata da me fin dal 1840, in virtù della dialettica hegeliana, ma non ancora chiarita nè definita, il nome provvisorio di possesso, termine equivoco, che richiamava una forma di istituzione che io non volevo, e che ho abbandonato.

Le cose restarono così parecchi anni. Contro tutti gli attacchi che dovetti sopportare da sinistra e da destra mantenevo in tutti i suoi termini la mia critica, annunciando una nuova concezione della proprietà con la stessa certezza con cui avevo negato la vecchia, benchè non sapessi dire in che consistesse questa nuova concezione. La mia speranza, tutto sommato, non doveva essere disillusa, come adesso si vede; soltanto la verità che io cercavo non poteva essere afferrata che con una rettificazione di metodo.

Io perseguivo, dunque, senza lasciarmi scrollare dal rumore che si faceva attorno a me, i miei studi sulle questioni più difficili dell'economia politica, il credito, la popolazione, l'imposta, ecc., quando verso il 1854 mi accorsi che la dialettica hegeliana che avevo seguito con tanta fede nel mio Sistema di Contraddizioni economiche, era difettosa in un punto e serviva piuttosto ad imbrogliare che a schiarire le idee. Ho riconosciuto allora che se l'antinomia è una legge della natura e dell'intelligenza, un fenomeno dell'intelletto, come tutti i concetti che tratta, essa non può risolversi in unità; resta eternamente ciò che è, causa prima di ogni movimento, principio di ogni vita ed evoluzione, grazie alla contraddizione dei suoi termini; può soltanto essere bilanciata o per l'equilibrio dei contrari o per il suo opporsi ad altre antinomie.

Chiedo scusa di questi dettagli, senza i quali però forse non si capirebbe come mai io, avendo cominciato la critica della proprietà nel 1840, non ne produssi la teoria che nel 1862. Senza parlare del disordine prodotto nelle esistenze dai fatti del 1848 e del 1852, ognuno comprenderà che, in studi così ardui, in cui la filosofia opera non su corpi, ma su idee, la minima inesattezza di metodo, conducendo a risultati falsi provoca ritardi incalcolabili. Noi non pensiamo più intuitivamente ed è molto tempo che il nostro ragionare a primo impeto ha detto la sua ultima parola. Per ogni cosa si deve passare attraverso l'esperienza; il solo buon senso, assistito da quanta si voglia erudizione e da ogni arte di parole, non è più sufficiente a risolvere gli alti problemi che ci assillano. Per seguire la verità nelle regioni sempre più elevate in cui essa ci chiama, occorre al pensatore, come al fisico e all'astronomo, il sussidio di una organizzazione di cui l'uomo comune non ha la più pallida idea.

La teoria della «libertà» (La Giustizia nella rivoluzione e nella Chiesa, 8° studio) mi aveva inoltre insegnato che l'assoluto, a riguardo del quale ho affermato impossibile, anzi assurda (ibid. 7° studio) ogni ricerca diretta, partecipa tuttavia come attore agli affari umani, non meno che nella logica e nella metafisica. Infine avevo avuto molte occasioni di osservare che le massime della Ragione generale, che finiscono per imporsi alla Ragione particolare, sono spesso l'inverso di quelle che ci sono date da quest'ultima; in guisa che poteva benissimo accadere che la società fosse governata da regole del tutto diverse da quelle indicate dal comunemente detto senso comune. Da questo momento la proprietà, che da principio mi era apparsa in una sorta di penombra, fu per essere completamente illuminata; compresi che, tal quale me l'aveva lasciata la critica, con quella natura assolutista, abusiva, anarchica, rapace, libidinosa, che in ogni tempo aveva scandalizzato i moralisti, così doveva essere trasportata nel sistema sociale, dove l'attendeva una trasfigurazione.

Queste delucidazioni erano necessarie per far ben comprendere che la negazione teorica della proprietà, era la premessa necessaria per la sua conferma pratica e per il suo sviluppo. La proprietà se la si considera nell'origine è un principio intimamente vizioso e antisociale, ma destinato a divenire, con la sua generalizzazione e col concorso di altre istituzioni, il perno e la molla dell'intero sistema sociale. La prima parte di questa proposizione è stata dimostrata dalla critica del 184048; spetta ora al lettore giudicare se la seconda sia provata in modo soddisfacente.

3. È vero che lo Stato, dopo essersi costituito sul principio della separazione dei poteri, necessita di un contrappeso che gli impedisca di oscillare e di rendersi ostile alla libertà? È vero che tale contrappeso non può riscontrarsi nè nell'esercizio in comune del suolo, nè nel possesso o nella proprietà condizionata e ristretta, dipendente e feudale, poichè ciò significherebbe sistemare il contrappeso nella potenza stessa che si ha il compito di controbilanciare, il che è manifestamente assurdo? È vero che noi troviamo tale contrappeso nella proprietà assoluta, cioè indipendente, pari in autorità e sovranità allo Stato? È vera la conseguenza che la proprietà, per la funzione essenzialmente politica che le spetta, appunto perchè il suo assolutismo deve opporsi a quello dello Stato, si pone nel sistema sociale come liberale, federativa decentratrice, repubblicana, egualitaria, progressista e amante della giustizia? È vero che questi attributi, nessuno dei quali si trova nel principio di proprietà, le vengono a misura che essa si generalizza, cioè a misura che un maggior numero di cittadini arriva alla proprietà? Ed è vero che per operare questa generalizzazione, per assicurarne in seguito l'eguagliamento, basta organizzare a fianco della proprietà e al suo servizio un certo numero di istituzioni e di servizi pubblici, trascurati fino ad oggi o abbandonati al monopolio e all'anarchia? Ecco i quesiti su cui il lettore è invitato a pronunciarsi dopo maturo esame e seria riflessione.

Riconosciuta la missione politica e sociale della proprietà io vorrei richiamare ancora una volta la attenzione del lettore su quella specie d'incompatibilità che esiste in questo caso fra il principio e i fini, e che fa della proprietà una creazione veramente straordinaria. È vero, domanderò ancora, che questa proprietà che oggi è priva di ogni biasimo, è pur tuttavia la stessa, per natura, per origini, per definizione psicologica, per vigore passionale, che ha subìto una critica esatta ed imparziale con tanta sorpresa dell'opinione pubblica? Ed è vero che niente è stato modificato, aggiunto, soppresso o addolcito nella primitiva nozione, e che se la proprietà si è umanizzata, se da scellerata è divenuta santa, non è perchè noi ne abbiamo cambiato la essenza, anzi noi l'abbiamo religiosamente rispettata, ma perchè noi ne abbiamo soltanto ingrandita la sfera e generalizzato il campo?

È vero che in questa natura egoista, satanica e refrattaria noi abbiamo trovato il mezzo più energico per resistere al dispotismo dello Stato ed uguagliare le fortune senza organizzare le spoliazioni e senza mettere la museruola alla libertà? È vero, dico, poichè io non potrò mai insistere troppo su questa verità alla quale non ci ha abituati la logica delle scuole, che per cambiare gli effetti di una istituzione che nei suoi inizi fu il colmo delle iniquità, per trasformare l'angelo delle tenebre in angelo della luce, noi non abbiamo bisogno che di opporla a se stessa oltre che al potere pubblico, e circondarla di garanzie e di decuplicare le sue forze, come se noi avessimo voluto esaltare senza limiti, nella proprietà, proprio l'assolutismo e l'abuso?

In tal modo, solo a condizione di restare come la natura l'ha fatta, solo a condizione di conservare intatta la sua personalità, indomo il suo io, e il suo spirito di rivoluzione e d'incontinenza, la proprietà può divenire uno strumento di garanzia, di libertà, di giustizia e di ordine. Non bisogna cambiare le sue tendenze, ma bensì le sue opere; ormai non si può più aspirare a purificare la coscienza umana combattendone la passionalità come facevano i vecchi moralisti. Come l'albero, il cui frutto è aspro e verde da principio ma s'indora col sole e diviene più dolce del miele, così prodigando luce, brezza e rugiada alla proprietà noi otterremo dai suoi germi peccaminosi i frutti della virtù. Pertanto la nostra critica anteriore sussiste sempre; la visione della proprietà liberale, egualitaria e moralizzatrice, cadrebbe se noi pretendessimo distinguerla dalla proprietà assolutista, accaparratrice ed abusiva. Così si è ottenuta per mezzo di una semplice messa a punto, senza alcuna alterazione del principio, quella trasformazione che io cercavo sotto il nome di sintesi.

4. – Sono stato accusato di essere un mero plagiario di Brissot in questa critica di cui ciascuno oggi può comprendere l'importanza. Si dirà subito, me lo attendo, che per la teoria di cui ho dato l'abbozzo io sono anche il plagiario di qualche autore nato morto, smarrito nella polvere delle biblioteche da due o trecento anni. Tanto meglio se si trovano precursori; ciò mi darà una maggior fede in me stesso e un maggior coraggio. In attesa di ciò dichiaro che non conosco l'opera di Brissot che dagli estratti pubblicati nel 1850 da un tal signor Sudre, in un'opera premiata all'Accademia francese.

Era il tempo in cui si chiamava alla riscossa contro il socialismo la giovinezza letterata e in cui si prodigavano incoraggiamenti a quelli che bruciassero la maggiore quantità d'incenso davanti alla proprietà. Risulta dagli estratti pubblicati dal signor Sudre che Brissot avrebbe detto prima di me ma solo in forma di iperbole e nel fervore declamatorio: la proprietà è un furto! Se si rivendica soltanto la priorità dell'espressione per il giovane pubblicista che più tardi divenne il capo della Gironda, io gliela cedo volentieri. Ma Brissot non ha compreso il senso delle sue parole e la sua critica è sbagliata in tutti i punti. Prima di tutto, dicendo che la proprietà è un furto egli non intende per niente attaccare il principio di passionalità che è stato condannato dal Vangelo e da cui sono derivate queste due equivalenti economiche, il furto e la proprietà: eppure solo a questa condizione l'invettiva del Brissot poteva avere un valore filosofico ed essere considerata come una definizione. Ben lungi da ciò, quanto il Brissot biasima e condanna nella proprietà, e denomina furto, è proprio ciò che ne costituisce la forza, senza di che la proprietà non è più niente e lascia luogo alla tirannia, all'assolutismo e all'abuso. Egli domanda che si ritorni alla proprietà naturale, come dice lui, cioè a quel possesso condizionato, ristretto, vitalizio e subordinato di cui abbiamo narrato la formazione derivante dalla primitiva comunità, e che in seguito abbiamo dovuto respingere come forma inferiore di civiltà, adatta soltanto a consolidare il despotismo e la schiavitù sotto le apparenze dell'equità.

Brissot, in poche parole, dopo aver ben visto gli eccessi di ogni genere che in ogni tempo avevano disonorato la proprietà, non ha compreso che la proprietà era, per natura e per missione, assolutista, invadente e abusiva, jus utendi et abutendi, e che essa doveva essere mantenuta tale, se si voleva ricavarne un elemento politico e una funzione sociale. Al contrario egli ha voluto renderla razionale e moderata, e farne una seguace di Pitagora, ciò che l'avrebbe fatta ricadere proprio in quello stato di sovvertimento cui si voleva mettere fine.

Altri hanno preteso che nel 1840 e nel 1846, come anche nel 1848, io avevo aspirato alla celebrità per mezzo dello scandalo. Questa volta diranno, e già lo stampano, che io cerco di richiamare su me l'attenzione del pubblico, che mi sta abbandonando, con una nuova contraddizione, più sfacciata ancora della prima. Cosa si vuole che io risponda a queste menti semicieche, (Fourier avrebbe detto sempliciste), fanatiche dell'unità in logica e in metafisica come in politica e incapaci di afferrare questa proposizione, che tuttavia è semplicissima: che il mondo morale come il mondo fisico si fonda su una pluralità di elementi irreducibili e antagonisti, e che dalla contraddizione di questi elementi derivano la vita e il moto dell'universo? Essi, al contrario, concepiscono la natura, la società e la storia come un sillogismo. Essi fanno derivare tutto dall'«Uno», come i vecchi narratori di miti; e quando si espone loro questa moltitudine di elementi inconciliabili, indefiniti e incoercibili che sconcertano le loro cosmogonìe unitarie, essi vi accusano di politeismo e sostengono che siete proprio voi ad essere in contraddizione.

Questi uomini in cui la facondia eguaglia la inettitudine hanno acquistato una certa considerazione nel mondo degli sciocchi, incantati dal sentir dire, da parte di questi bei parlatori, che non vi è niente di vero al di là di ciò che essi hanno appreso stando a balia, e che la massima saggezza consiste nel pensare quanto hanno pensato i loro padri. Il regno dei ciarlatani non finirà che con la bancarotta dell'ultimo pregiudizio; perciò pur disprezzandoli dobbiamo armarci tutti di pazienza.

5. – Ho esposto i sentimenti che hanno ispirato la mia condotta da venticinque anni. Checchè se ne dica, io non sono stato animato da una concezione profondamente ostile nè per la proprietà come istituzione, di cui cercavo la chiave, nè per la classe che ne trae beneficio. Io ho cercato una migliore giustificazione del diritto vigente, e ciò al fine di consolidare, come anche, ben inteso se era necessario, al fine di riformare.

E posso dire oggi che sotto quest'ultimo rapporto non mi sono ingannato nelle mie speranze. La teoria della proprietà che finalmente produco, non solo soddisfa ad un bisogno di logica, al quale poche persone sono sensibili ma apre immense prospettive, getta un vivo splendore sulla base del sistema sociale e rivela una delle leggi più profonde della nostra natura, cioè che il senso dell'egoismo aborrito dalle morali classica e cristiana, e dallo istinto di tutte le primitive società, è stato giustamente designato dalla natura ad essere il primo rappresentante e il nerbo del diritto.

Forse avrei fatto meglio, si dirà, ad osservare il silenzio, anzichè agitare il pubblico, in una inquietante controversia, che poteva avere i suoi pericoli.

A ciò rispondo che era mia intenzione fare appello soltanto agli scienziati e ai giuristi; che io posi la questione in tempi perfettamente calmi, nel 1840. in piena pace sociale, otto anni prima della rivoluzione di febbraio, quando era ministro il Thiers e con lui i signori Vivien e Dufaure: che nel 1848 mi sono tenuto in disparte, che solo le grida della stampa conservatrice mi hanno costretto a rompere il silenzio, e che unicamente per difendermi sono divenuto, da scrittore appartato, giornalista e pubblicista.

Credo che mai un filosofo o uno scienziato abbia ricercato per tanto tempo una verità, sormontando tanti ostacoli: a questo fine mi è occorso più che l'amore del vero e della giustizia; mi è stata soprattutto utile l'ostinazione contro l'opinione dei miei contemporanei. Stimo zero tutti i processi subìti. Mai era stata provata una simile angoscia; mai era uscito da una critica uno scetticismo più pericoloso. Se la proprietà è dimostrata illegittima, senza che si possa nè cambiarla nè distruggerla, che n'è della morale umana? che n'è della società? Cercare il diritto, in caso disperato, proprio nell'abuso, chi se lo sarebbe immaginato!

Fondandomi sulla perseveranza e sulla sincerità che ho tenuto nei miei studi, ho il diritto di protestare contro il pubblico e di domandare per quale motivo mi è stata fatta costantemente ingiustizia. Perchè? Perchè io prèdico il diritto, tutto il diritto e niente altro che il diritto, e invece 97 uomini su cento vogliono, più o meno, ben altro che il diritto.

Su cento individui vi sono 25 scellerati, convinti o non convinti, occulti o manifesti, 50 bricconi, 15 indecisi, e 7 mediocri, che di loro iniziativa non faranno mai un torto a nessuno, ma non sacrificheranno un obolo per la verità. Finalmente solo tre uomini di vera virtù e rettitudine.

Si grida contro me al demolitore. Questa qualifica mi resterà sino alla fine, ed è la formula di opposizione contro tutti i miei lavori: uomo da demolizione, incapace di costruire!... Eppure io ho dato già dimostrazioni passabili di cose molto positive come le seguenti:

a) una teoria della forza collettiva: metafisica del Gruppo (sarà soprattutto dimostrata, come la teoria delle nazionalità in un libro che sarà prossimamente pubblicato);

b) una teoria dialettica: Formazione dei generi e delle speci col metodo delle serie; estensione del sillogismo, che è valido solo quando siano ammesse le premesse;

c) una teoria del diritto e della legge morale (dottrina dell'immanenza);

d) una teoria della libertà;

e) una teoria della caduta, cioè dell'origine del male: l'Idealismo;

f) una teoria del diritto della forza: Diritto della guerra e diritto delle genti;

g) una teoria del contratto: Federazione, Diritto pubblico o costituzionale;

h) una teoria delle nazionalità dedotta dalla teoria della Forza collettiva: indigenato, autonomia;

i) una teoria della divisione dei poteri: Legge di separazione correlativa della forza collettiva;

l) una teoria della proprietà;

m) una teoria del credito: la Mutualità, correlativa della federazione;

n) una teoria della proprietà letteraria;

o) una teoria dell'imposta;

p) una teoria della bilancia commerciale;

q) una teoria della popolazione;

r) una teoria della famiglia e del matrimonio; senza pregiudizio per una quantità di scoperte incidentali.

Ho rivelato per primo il fenomeno dell'antinomia nell'economia politica. Ho svincolato la giustizia dalla religione, l'elemento morale da quello religioso.

Come filosofo, se ho messo da parte tutte le ipotesi metafisiche e assolutiste, prive di ogni significato, pongo come punto fisso, legge della natura, dello spirito e della coscienza questo dato universale: Giustizia, eguaglianza, equità, equilibrio, accordo, armonia.

Io sono demolitore. Ma demolisco ispirandomi a quale principio?, perchè ce ne sarà uno; e in forza di quale concezione? di quale fondamento, di quale teoria? una deve ben essercene. In forza del diritto e della giustizia. Tutta la mia critica della proprietà, tutta la mia teoria dell'amore e del matrimonio, e quella della pace e della guerra, si fondano sul concetto di «Giustizia»; le mie Contraddizioni economiche sono una operazione di equilibrio. Sono un demolitore, ma presento oggi il sistema politico e sociale sotto una luce nuova. Contro gli abusi irreparabili della sovranità domando dunque più che mai lo smembramento della sovranità; contro i capricci del potere personale domando la alleanza dell'egoismo proprietario con la libertà; contro gli eccessi dell'imposta e le prodigalità del fisco domando una riforma dell'imposta stabilita sul perno della rendita fondiaria; contro la lista civile, domando la divisione delle terre e la partecipazione alla rendita fondiaria; contro l'immobilità feudale che ci opprime, contro il maggiorasco e contro le corporazioni che ci piovono addosso, domando la proprietà allodiale. Mi sembra di recare affermazioni non meno che negazioni. Che importa? io sono un demolitore, incapace di ricostruire!...

Un'altra opinione che io temo, perchè non offre quasi nessuna presa alla replica, è quella delle persone in buona fede, che, sentendo parlare di queste controversie, diranno: Buon Dio! ci vuole tanto acume per sapere che ciascuno deve essere padrone di quanto gli appartiene? Ecco che voi adesso ci dite che non siamo più dei ladri, ma noi lo sapevamo prima di voi; noi non abbiamo mai dubitato del nostro diritto. A cosa ci sarebbe servito l'apprendere a dubitare, poichè in definitiva il diritto è indiscutibile?

Suvvia, buona gente, avete mai sentito parlare delle rivoluzioni? Oppure siete come la lepre che torna alla tana ripassando sempre per lo stesso sentiero dove ha corso venti volte il pericolo di essere presa? Rivolgetevi al signor Laboulaye, savio giureconsulto, meritevole della vostra fiducia e... non troppo dotato di acume; egli vi dirà che tutte le rivoluzioni si sono fatte o pro o contro la proprietà, e che sia nell'uno come nell'altro caso vi è una grande espropriazione di patrimoni... Vi credete più sicuri oggi di quanto non lo foste nel 1848, più sicuri di quanto non lo fossero clero e aristocrazia nel 1789? Il governo veglia, direte. Ma voi sapete bene che le rivoluzioni non aspettano il permesso dei governi. D'altronde, quando non ci sono comunisti che attacchino la proprietà, c'è sempre il governo che la limita. Ed è sempre la proprietà che paga, a meno che essa non abbia la capacità di far pagare. Orbene, la teoria che io vi propongo ha per scopo di dimostrarvi come, se voi lo volete, nessuna rivoluzione potrà più accadere. Si tratta semplicemente di facilitare i mezzi per arrivare alla proprietà per i non proprietari, e per adempiere meglio i propri doveri verso lo Stato da parte dei proprietari. State in guardia!

Capitolo VIII

RIASSUNTO E CONCLUSIONI

1. Insufficienza delle vecchie teorie – 2. La proprietà è una finzione legale – 3. Il metodo dell'autore e la realtà sociale – 4. I presupposti della proprietà fondiaria – 5. Il senso morale e la proprietà.

1. – Gli sviluppi che ho dato alla mia teoria della proprietà possono essere riassunti in alcune pagine.

Una prima cosa da osservare è che sotto il nome generico di proprietà gli apologisti dell'istituzione hanno confuso, sia per ignoranza, sia per astuzia polemica, tutti i modi di possesso: regime comunitario, enfiteusi, usufrutto, sistema feudale e allodiale; hanno parlato del fondo come dei frutti, delle cose fungibili come di quelle immobili. Noi abbiamo fatto giustizia di questa confusione.

Il possesso incedibile, indivisibile e inalienabile appartiene al sovrano, principe, governo o collettività che sia, e di esso il concessionario è più o meno dipendente, feudatario o vassallo. I germani prima dell'invasione, e i barbari nel Medio Evo, non hanno conosciuto che questo principio, che è peculiare di tutta la razza slava ed è stato applicato in questo momento dall'Imperatore Alessandro a sessanta milioni di contadini. Questa forma di possesso comporta i vari diritti di uso, di abitazione, di coltivazione, di pascolo, di caccia, di pesca, tutti diritti naturali, che il Brissot chiamava proprietà secondo natura: con questa specie di possesso, da me peraltro non definita, io venivo a conclusione nella mia prima Memoria e nelle mie Contraddizioni. Questa forma di possesso è un gran passo nel cammino della civiltà; in pratica è preferibile al dominio assoluto dei romani, che si riproduce nella nostra proprietà anarchica, la quale ora va estinguendosi per opera del fisco e per i suoi propri eccessi. È certo che l'economista non può esigere nulla di più, perchè il lavoratore è compensato, i suoi prodotti gli sono garantiti e quanto gli appartiene legittimamente viene protetto. La concezione del possesso, principio della civiltà e della società degli slavi, è il fatto che torna a maggior onore di questo popolo; compensa il ritardo del suo sviluppo e rende imperdonabile il delitto dell'aristocrazia polacca.

Ma il possesso è forse l'ultima parola della civiltà e del diritto? Non lo credo; si può concepire qualche cosa di più elevato, perchè la sovranità dell'uomo non vi è pienamente soddisfatta, la libertà e la dinamicità non sono abbastanza grandi.

La proprietà libera o allodiale, divisibile, contrattabile e alienabile, è la proprietà assoluta del detentore sulla cosa, «il diritto di usare e di abusare», come dice da principio la legge dei quiriti; «in quanto lo permette la ragione del diritto» aggiunge più tardi la coscienza comune. La proprietà è romana, non la trovo nettamente articolata che in Italia; e inoltre la sua formazione è lenta.

La giustificazione del dominio proprietario è stata in ogni tempo la disperazione dei giuristi, degli economisti e dei filosofi. Il principio dell'appropriazione è che ogni prodotto del lavoro appartiene di pieno diritto a chi l'ha creato, come un arco e le sue frecce; un aratro, un rastrello, una casa. L'uomo non crea la materia, ma si limita ad adattarla. Tuttavia, benchè egli non abbia creato il legno con cui ha fabbricato un arco, un letto, un tavolo, delle sedie, e un bigoncio, l'uso vuole che la materia segua la forma e che la proprietà del lavoro implichi quella della materia prima. Si presuppone che questa ci sia per tutti, che non manchi ad alcuno e che ognuno possa appropriarsene.

Questo principio, per cui la forma implica la sostanza, si applica alla terra dissodata? È facile provare che il produttore ha diritto ai suoi prodotti e il coltivatore ai frutti ottenuti. È facile provare, anche,

che egli ha diritto di risparmiare sui suoi consumi, di formare un capitale e di disporne a suo arbitrio. Ma la proprietà fondiaria non può derivare da ciò, essendo un fatto nuovo che esorbita dai limiti del diritto del produttore, il quale non crea la terra, che è comune a tutti. Si dimostra anche che chi ha preparato, migliorato, bonificato, e dissodato il suolo, ha diritto ad una remunerazione e ad un compenso e si può dimostrare che tale compenso può consistere non nel pagamento di una somma, ma nel privilegio di seminare il suolo dissodato per un determinato periodo di tempo. E andando in fondo si proverà che siccome ogni anno di coltivazione implica miglioramenti ciò costituisce per il coltivatore un sempre rinnovantesi diritto a compensi. Sta bene, ma non si è ancora dimostrata la proprietà.

Gli affitti per nove, dodici o trent'anni possono riconoscere tutto ciò all'affittuario, verso cui il proprietario rappresenta la proprietà pubblica. Il regime fondiario delle comunità slave riconosce parimenti ciò al contadino parziario; il diritto è soddisfatto, il lavoro ricompensato, ma non c'è proprietà. Il diritto romano e il Codice civile hanno perfettamente distinto tutte queste cose: diritti di uso, di usufrutto, di abitazione, di sfruttamento, di possesso. Come mai gli economisti aspirano a confonderli con il diritto di proprietà? Cosa significano la bucolica del signor Thiers e tutte le sciocche declamazioni della sua consorterìa?

L'economia sociale, al pari del diritto, non conosce il dominio assoluto e poggia interamente su basi diverse dalla proprietà: concetto del valore, del salario, del lavoro, del prodotto, dello scambio, della circolazione, della rendita, della domanda e dell'offerta, della moneta, imposta, credito, teoria della popolazione, del monopolio, dei brevetti, dei diritti di autore, delle assicurazioni, dei servizi pubblici, delle associazioni, ecc. Nemmeno i rapporti di famiglia e della vita cittadina richiedono l'istituto della proprietà perchè la proprietà può essere riservata alla collettività, allo Stato, e la rendita in questo caso sostituisce l'imposta; il coltivatore diventa possessore, cioè meglio che affittuario, meglio che mezzadro; mentre la libertà e l'individualità godono delle stesse garanzie.

Occorre persuadersene: nemmeno l'umanità è proprietaria della terra: in che modo un popolo o un privato potrebbero dirsi sovrani della porzione che è stata loro assegnata? Non è certo l'umanità che ha creato il suolo: l'uomo e la terra sono stati creati l'uno per l'altro e dipendono da un'autorità superiore. Questa terra noi l'abbiamo ricevuta in consegna e in usufrutto; ci è stata data per essere posseduta e goduta da noi solidariamente e individualmente, sotto la nostra responsabilità umana e collettiva. Noi dobbiamo coltivarla, possederla e fruirne non a nostro arbitrio, ma secondo regole suggerite dalla coscienza e dalla ragione e per un fine che supera il nostro piacimento: regole e fini che escludono ogni assolutismo dal lato nostro e innalzano il dominio terriero al di sopra di noi. L'uomo, disse un giorno uno dei nostri vescovi, è il vicenocchiere del mondo. Parola molto lodata che non esprime altro se non quanto sto dicendo adesso: che la proprietà è superiore all'umanità, sovrumana, e che ogni attribuzione del genere a noi povere creature, è un'usurpazione.

Tutti i nostri argomenti in pro della proprietà, cioè di una sovranità eminente sulle cose, non pervengono che a giustificare il possesso, l'usufrutto, l'uso, il diritto a vivere e a lavorare, nulla più.

2. – Bisogna sempre arrivare a conchiudere che la proprietà è una autentica finzione legale: solo si può fare in modo che questa finzione sia nei suoi motivi tale da doverla considerare legittima. Senza di che non possiamo uscire dall'ambito del possesso e ogni nostra argomentazione è sofistica e in mala fede. Si può fare in modo che questa finzione, che ci ripugna perchè non ne comprendiamo il significato, divenga tanto sublime, tanto splendida, tanto giusta, che nessuno dei nostri diritti più reali,

più positivi, più immediati e immanenti, possa starle al paragone, ed anzi essi sussistano solo per mezzo di questa chiave di volta: vera finzione.

Il principio di proprietà, ultralegale, extragiuridico, antieconomico, sovrumano, è pur sempre un prodotto spontaneo dell'Essere universale e della società, e pertanto dobbiamo cercarne, se non la giustificazione completa, almeno la comprensione.

Il diritto di proprietà è assoluto, jus utendi et abutendi, diritto di usare e di abusare. Esso si oppone ad un altro potere assoluto, quello governativo, che comincia ad imporgli la restrizione, quatenus juris ratio patitur, «in quanto lo permette la ragione del diritto». Dalla ragione del diritto alla ragione dello Stato il passo è breve, e perciò siamo in continuo pericolo di usurpazione e di despotismo. La giustificazione della proprietà che abbiamo ricercato inutilmente nelle sue origini, prima occupazione, usucapione, conquista, acquisto col lavoro, la troviamo invece nei suoi fini: essa è essenzialmente politica. Dove la proprietà appartiene alla collettività, senato, aristocrazia, principe o imperatore, non vi è che feudalità, vassallaggio, gerarchia e subordinazione; e per conseguenza nessuna libertà nè autonomia.

Allo scopo di spezzare il fascio della sovranità collettiva, così esorbitante, così ripugnante, gli è stato eretto contro il dominio proprietario, segno concreto della sovranità del cittadino, ed è stato attribuito all'individuo, mentre allo Stato non spettano che le parti indivisibili e comuni per il loro uso: corsi d'acqua, laghi, stagni, strade, lande e montagne incolte, foreste e deserti, e tutto ciò che non è suscettibile di appropriazione privata. Per aumentare la possibilità di movimento e circolazione la terra è stata resa liquidabile, alienabile e divisibile, dopo averla resa ereditaria. La proprietà allodiale è uno smembramento della sovranità, perciò è particolarmente odiosa al potere pubblico e alla democrazia. È odiosa al primo in grazia alla sua onnipotenza, ed è l'avversaria dell'autocrazia come la libertà lo è dell'autorità; e non piace alle correnti più democratiche, tutte infervorate di unità, di centralizzazione e di assolutismo. Il popolo è felice quando vede far la guerra ai proprietari. E tuttavia l'allodio è la base della repubblica.

La costituzione di una repubblica – mi si permetta almeno di impiegare questa parola nella sua alta accezione giuridica – è la condizione sine qua non della sua prosperità. Un giorno il generale Lafayette indicando Luigi Filippo disse: «Egli rappresenta la migliore delle repubbliche»; e il regno costituzionale fu definito: «Una monarchia circondata da istituzioni repubblicane». La parola repubblica non è dunque sediziosa per sè stessa e risponde alle vedute della scienza non meno che alle sue aspirazioni.

Le conseguenze dirette della proprietà allodiale sono:

1) l'amministrazione del comune da parte dei proprietari, affittuari e operai riuniti in consiglio e perciò l'indipendenza comunale e la disponibilità delle proprietà;

2) l'amministrazione della provincia da parte di chi l'abita. Da ciò deriva il decentramento e un principio di federazione. La funzione regia, come è stabilita dal sistema costituzionale, è qui sostituita da cittadini proprietari, che hanno tutti gli occhi aperti sugli affari pubblici, senza bisogno di mediazione.

La proprietà feudale non genererà mai una repubblica; e viceversa una repubblica, che lascerà decadere l'allodio a feudo e che ricondurrà la proprietà al comunismo slavo, non potrà sussistere e si convertirà in autocrazia.

Del pari la vera proprietà non produrrà mai una monarchia e una vera monarchia non produrrà mai una vera proprietà. Se accadesse il contrario e se un insieme di proprietari eleggesse un capo, con questo stesso atto essi rinuncierebbero alla loro parte di sovranità e presto o tardi il principio di proprietà rimarrebbe alterato nelle loro mani; oppure se una monarchia creasse dei proprietari, implicitamente abdicherebbe e si demolirebbe, a meno di non trasformarsi volontariamente in regno costituzionale, regno più nominale che effettivo, rappresentante dei proprietari. Lo si è visto in Francia, allorquando, sotto Luigi Filippo, liberali e repubblicani fecero la guerra al campanilismo. Si serviva la causa della monarchia.

Così l'intera mia critica anteriore, e tutte le conclusioni egualitarie che ne ho dedotte, ricevono una sorprendente conferma.

Il principio di proprietà è ultralegale, extragiuridico, assolutista ed egoista per sua natura, fine all'iniquità, ma bisogna che sia così.

Ecco in che modo nelle previsioni della ragione universale il principio dell'egoismo, usurpatore per sua natura ed improbo, diviene uno strumento di giustizia e di ordine, al punto che proprietà e diritto sono idee inseparabili e quasi sinonimi. La proprietà è l'egoismo idealizzato, consacrato e investito di una funzione politica e giuridica.

Bisogna che sia così: perchè in nessun caso il diritto è tanto osservato come quando trova un difensore nell'egoismo e nella coalizione degli egoismi. In nessun caso la libertà sarà difesa contro il potere se essa non dispone di un mezzo di difesa, se essa non ha una sua fortezza inespugnabile.

3. – Il lettore si guardi bene dal vedere in questo antagonismo, in queste opposizioni e in questi equilibri, un mio mero virtuosismo. So bene che una teoria semplicista come il comunismo o l'assolutismo di Stato è una concezione di gran lunga più facile che non lo studio delle antinomie. Ma non è colpa mia, essendo io un semplice osservatore e ricercatore di serie. Sento dire da certi riformatori: sopprimiamo tutte queste complicazioni di autorità, libertà, possesso, concorrenza, monopoli, imposte, bilancia commerciale, servizi pubblici; creiamo un piano di società uniforme e tutto sarà semplificato e risolto.

Essi ragionano come un medico che dicesse: con i suoi elementi così diversi come le ossa, i muscoli, i tendini, i nervi, i visceri, il sangue arterioso e quello venoso, il succo gastrico, il liquido pancreatico, il chilo, gli umori lacrimali e sinoviali, il gas, e tante sostanze liquide e solide, il corpo non è regolabile. Riduciamolo ad una materia unica, solida e resistente, le ossa per esempio; l'igiene e la terapìa diverranno giuochi da bambini. – D'accordo ma la società, come il corpo umano non può ossificarsi.

Il nostro sistema sociale è complicato, molto più che non si sia creduto. Se oggi siamo in possesso di tutti gli elementi, essi però hanno bisogno di essere coordinati e sintetizzati secondo le loro proprie leggi. In essi si scopre un anima e una vita intima collettiva che si evolve al di fuori delle leggi geometriche e meccaniche, e che è impossibile assimilare al movimento rapido, uniforme, infallibile di una cristallizzazione; di cui la logica ordinaria, sillogistica, dommatica e unitaria non può rendere conto ma che si chiarisce meravigliosamente con l'aiuto di una filosofia più larga, che ammetta nel suo sistema la pluralità dei principî, la lotta degli elementi, l'opposizione dei contrari, e la sintesi di tutti gli indefinibili e assoluti.

Ora siccome sappiamo che vi sono differenze nell'intelligenza non meno che nella forza: differenze nella memoria, nella riflessione, nell'idealizzazione, nella facoltà inventiva, nell'amore, nel pensiero, nella sensibilità e anche nell'io, o coscienza; e siccome è impossibile dire dove cominci e dove finisca ciò che chiamiamo anima, perchè dobbiamo rifiutarci di ammettere che i principi sociali, così ben coordinati, e ispirati a tanta ragione, previdenza, sentimento, passione e giustizia siano l'indice di una vera vita, di un disegno superiore, di una ragione costituita diversamente dalla nostra?

Perchè, se è così, non dovremmo vedere in questi fatti l'attuazione della creazione diretta e automatica della società, risultante dal semplice accostamento degli elementi e dal gioco delle forme che costituiscono la società?

Abbiamo scoperto una logica speciale e principi che non sono quelli della nostra ragione individuale, benchè questa, studiando la società, possa arrivare a scoprirli e ad appropriarseli. C'è dunque una differenza tra la ragione individuale e quella collettiva.

Inoltre abbiamo potuto osservare, grazie alla proprietà e ai suoi connessi, un altro fenomeno e un'altra legge, quella delle forze libere, che vanno e vengono, con approssimazioni indefinite, vastità di azione e reazione, elasticità naturale, e il diapason esteso che è proprio della vita, della libertà, della fantasia. Proprietà e Stato sono due creazioni spontanee di una legge immanente, che ripugna all'idea di iniziative dall'esterno, secondo la quale ipotesi ogni gruppo umano avrebbe avuto bisogno di un iniziatore, speciale, come fa un metropolita quando dà l'investitura ad un vescovo e come questo quando impone le mani al curato, che a sua volta battezza e governa le sue pecorelle.

Ciò compreso, noteremmo che le leggi generali della storia sono le medesime che reggono l'organizzazione sociale. Fare la storia della proprietà presso un popolo equivale a dire come esso ha traversato le crisi della sua formazione politica, come ha prodotto i suoi poteri e i suoi organi, come ha equilibrato le sue forze, regolato i suoi interessi, dotato i suoi cittadini; come è vissuto, come è morto. La proprietà è il principio più fondamentale di cui ci si possa servire per comprendere le rivoluzioni della storia. Essa non è ancora esistita nelle condizioni in cui la pone la teoria e nessuna nazione ha mai raggiunto il massimo livello di questa istituzione; ma essa regge positivamente la storia, benchè assente, e obbliga le nazioni a riconoscerla, punendole se la tradiscono.

La legge romana l'ha riconosciuta solo in una maniera incompleta e unilaterale. Essa aveva ben determinato la sovranità del cittadino sulla terra che gli spetta, ma non aveva in nessun modo riconosciuto e determinato il ruolo e il diritto dello Stato. La proprietà romana è la proprietà indipendente dal contratto sociale, assoluta, senza solidarietà nè reciprocità, anteriore e perfino superiore al diritto pubblico, proprietà egoistica, viziosa, iniqua e giustamente condannata dalla Chiesa. La repubblica e l'impero sono crollati l'uno sull'altro, perchè il patriziato ha voluto la proprietà solo per sè; e perchè la plebe vittoriosa in seguito non ha saputo acquistarsela, farla valere e consolidarla; e perchè il servaggio della gleba e il colonato hanno sempre guastato tutto. Del resto proprio per mezzo della proprietà allodiale sono state vinte tutte le aristocrazie e tutti i despotismi dalla fine dell'Impero di Occidente ai nostri giorni. La proprietà allodiale, abbandonata dai nobili ai comuni e alla plebe ha soffocato la potenza signorile e nel 1789 ha inghiottito il feudo; lo stesso principio, dopo aver prodotto l'usurpazione dell'aristocratico polacco, in principio semplice usufruttuario, alla fine si è rivolto contro di lui e gli ha fatto perdere la nazionalità; ed ha prodotto i massacri della Galizia nel 1846.

L'Inghilterra s'irrigidì contro il principio allodiale, preferendo, sull'esempio del patriziato romano, di dare il mondo in preda ai suoi lavoratori, anzichè lasciar dividere e circolare il suolo, e equilibrare la proprietà.

Il principio di proprietà sintetica, allodiale o equilibrata, doveva condurre progressivamente la Francia dell'89 a divenire una Repubblica egualitaria, con o senza dinastia, poichè il principio dinastico doveva rimanere subordinato, in Francia come in Inghilterra, ma in base ad un diverso sistema. Così si pensò un momento nel 1830. Sfortunatamente le menti preoccupate dalle idee inglesi non avevano afferrato la differenza profonda che doveva distinguere la Costituzione francese, fondata sull'allodio, da quella inglese, fondata sul feudo. Fu Sieyès, uno dei nostri politici più profondi, che diffuse questo errore. L'idea delle due Camere prevalse, mentre non ne occorreva realmente che una; Napoleone accettò l'idea nel suo Senato e nel suo corpo legislativo, creò maggioraschi e titoli nobiliari. Nel 1814 si ripetè l'errore, divenuto vecchio, della Camera dei Pari e della Camera dei deputati.

In seguito si stabilì un censo elettorale con grandi e piccoli collegi, il che supponeva una grande e piccola proprietà. Quasi insensibilmente, mentre il suolo si sminuzzava all'esterno nella classe più povera, si agglomerava di nuovo e si ricostituiva la grande proprietà con l'aiuto dei capitali industriali. In seguito si ebbe il feudalesimo della finanza, delle manifatture, dei trasporti, delle miniere, degli ebrei, in tal guisa che la Francia oggi non si riconosce più. Alcuni dicono che il governo costituzionale, importato dall'Inghilterra, non era fatto per la Francia; altri rivogliono la loro monarchia borghese del 1830; il piccolo numero di quelli che sostengono la repubblica e non vogliono che una Camera, non sanno nemmeno loro la ragione del loro desiderio e quali siano i principî costitutivi dello stato della Rivoluzione.

La proprietà ha subito eclissi numerose nella storia, presso i Romani, presso i Barbari, nell'evo moderno e ai nostri giorni. Le cause di questo smarrimento le troviamo nell'ignoranza, nell'imperizia e soprattutto nell'indegnità dei proprietari A Roma l'attività dei nobili, la loro resistenza cieca ai legittimi desideri del popolo, la depravazione dei plebei che preferivano al lavoro dei campi il brigantaggio, il saccheggio militare e le sovvenzioni degli imperatori, distruggono con la proprietà il diritto, le libertà e la nazione. Nel medioevo l'oppressione feudale spinge tutti i proprietari di allodi nel feudo. La proprietà, eclissata per più di mille anni, riappare con la rivoluzione. Il suo periodo ascendente si arresta con la fine del regno di Luigi Filippo; dopo, essa è in declino: indegnità.

I proprietari indegni sono la massa, soprattutto nella campagna. La Rivoluzione, vendendo i beni della Chiesa e degli emigrati, ha creato una nuova classe di proprietari, credendo di interessarli alla libertà. Niente affatto: li ha interessati a che i Borboni e gli emigrati non ritornassero, ecco tutto. A tale scopo i proprietari non hanno pensato a niente di meglio che a darsi un padrone. Napoleone. E quando costui, usando clemenza, autorizzò gli emigrati a ritornare, i nuovi proprietari gliene fecero una colpa, perchè sembrava loro che gli emigrati non fossero mai abbastanza lontani.

La proprietà, creata dalla Rivoluzione, non è concepita più come istituzione politica, facente equilibrio allo Stato, come garanzia della libertà e della buona amministrazione; per effetto dell'abitudine la si considera come un privilegio, come un godimento di rendite, come una nuova aristocrazia, alleata al potere pubblico mediante l'assegnazione degli impieghi pubblici, come contropartita delle imposte, e designata dalla sorte allo sfruttamento delle masse. Essa non si è preoccupata che della sua preda. La confusione è massima e non se ne potrebbe accusare particolarmente nessuno dei sistemi politici che si sono succeduti.

La legislazione dell'89 ha mancato di previdenza; i nuovi proprietari, acquirenti dei beni nazionali, hanno mancato di carattere e di sentimento politico dicendo a Napoleone primo: Regna e governa, purchè noi possiamo godere delle nostre rendite. Nella Restaurazione si ebbe una tendenza a riforma; la borghesia passò all'opposizione, che è il suo vero posto e si mise in antitesi allo Stato; ma era un motivo accidentale: si vedevano nei Borboni i principi del vecchio regime; si faceva la guerra per la conservazione delle società segrete e quando la Rivoluzione di luglio cambiò la dinastia, la proprietà si consegnò al potere pubblico. Il loro mercato fu presto concluso: la borghesia, coi suoi deputati, consentiva le imposte, di cui i nove decimi le rientravano per mezzo delle cariche pubbliche. La borghesia ha elevato a sistema la corruzione e ha disonorato la proprietà con la sua speculazione; ha voluto congiungere i benefici della banca a quelli della rendita e ha anteposto le prerogative onorifiche dello Stato e i guadagni del traffico e della borsa a quelli della produzione agraria, ottenuta sia col proprio lavoro, sia con la propria buona amministrazione. Si è lasciata sovraccaricare d'imposte ed ha lasciato prendere il sopravvento alle industrie e al commercio; è la schiava dei grandi gruppi finanziari.

Un punto essenziale che non si deve dimenticare è che il cittadino, in forza del patto federale che gli deriva dalla proprietà, riunisce due attributi contraddittori: da una parte deve seguire la norma del suo interesse, e da un altro, come membro del corpo sociale deve vegliare a che la sua proprietà non rechi nocumento alla cosa pubblica. In breve, egli viene istituito agente di polizia e vigile su se stesso. Questa doppia qualità è essenziale per la costituzione della libertà; senza di essa tutto l'edificio crolla e bisogna ritornare al principio poliziesco e autoritario. Che n'è della morale pubblica su questo punto?

Abbiamo avuto una regolamentazione sulla panificazione. Ora questa sarebbe stata inutile se il corpo sociale fosse stato organizzato in modo che il commercio e la fabbricazione del pane e la vendita dei grani fossero basati sulla sincerità e l'onestà; il che non è e non sarà finchè non si rinnoveranno i nostri costumi. D'altronde la regolamentazione non ha mai potuto far nulla contro un regime di monopolio sulla fame, che esiste oggi nè più e nè meno che nel 1789. Sono state disciplinate le macellerie, che vendono cadaveri per carne fresca e cavalli per carne di bue; sono stati disciplinati i mercati, pesi e misure, qualità e quantità; legumi, frutta, pollame, pesce, cacciagione, birra, latticini, tutto è peggiorato e rincarato. Non vi sono rimedi che con la repressione, finchè non sarà stata rinnovata la coscienza pubblica, in guisa tale che in forza di questa rigenerazione il contadino produttore e venditore sarà divenuto il suo proprio e più severo sorvegliante. È possibile ciò, o no? La proprietà può divenire santa? La condanna con cui l'ha colpita la Chiesa è indelebile? Nel primo caso noi possiamo essere liberi, nel secondo ci tocca rassegnarci: noi siamo fatalmente e per sempre, sotto la doppia legge dell'Impero e della Chiesa, e tutte le nostre manifestazioni di liberalismo sono ipocrisia, e soprappiù di miseria.

Tutto sommato si tratta di sapere se la nazione francese è in grado di fornire, oggi, dei veri proprietari. Quello che è sicuro è che da noi occorre rigenerare la proprietà. Elemento di questa rigenerazione morale è, unitamente alla rivoluzione morale di cui abbiamo parlato, l'equilibrio.

4. – Ogni sistema di proprietà fondiaria suppone:

1) una distribuzione eguale delle terre fra i detentori;

2) un equivalente per coloro che non possiedono terra.

Ma è pura e semplice supposizione, perchè la eguaglianza della proprietà non è un fatto iniziale; è nei fini e non nelle origini dell'istituzione. Abbiamo notato da principio che la proprietà, siccome è abusiva, assolutista, basata sull'egoismo, deve per forza tendere a limitarsi, a farsi concorrenza e per conseguenza ad equilibrarsi. La sua tendenza è verso la eguaglianza delle condizioni e delle fortune. Appunto perchè è assolutista rifugge da ogni idea di assorbimento. Consideriamo bene tutto ciò.

La proprietà non si misura sul merito, poichè essa non è nè salario, nè compenso di qualunque genere, nè decorazione, nè titolo onorifico; non si misura sulla potenza dell'individuo, poichè il lavoro, la produzione, il credito e lo scambio non lo richiedono affatto. Essa è un dono gratuito, dato all'uomo per proteggerlo contro i pericoli del potere pubblico e le invasioni dei suoi simili. È la corazza della sua personalità indipendentemente dalle differenze di talento, genio, forza, attività ecc.

«Supponiamo» dicevo nel 1840 «che la quota di lavoro sociale giornaliero, calcolato in aratura, sarchiatura, mietitura, sia di due decametri quadrati, e che la media del tempo necessario per compierlo sia di sette ore: qualche lavoratore finirà in sei ore, qualcun'altro in otto ore, e la maggior parte ne impiegherebbe sette; ma purchè ognuno fornisca la quantità di lavoro richiesta, qualunque sia il tempo che vi impiega, ha diritto all'eguaglianza di salario. Il lavoratore capace di assolvere il suo compito in sei ore avrà il diritto, sotto pretesto della sua forza e della sua maggiore attività, di usurpare il compito del lavoratore meno abile e di togliergli così il lavoro e il pane? Chi oserebbe sostenere ciò? Se il forte viene in soccorso del debole la sua beneficenza merita lode e amore: ma il suo aiuto deve essere liberamente accettato, non imposto con la forza e messo a prezzo (Che cosa e la proprietà?, 1a memoria).

Nel regime comunitario e statalista ci vogliono la polizia e l'autorità per garantire il debole contro l'invadenza del forte, ma sfortunatamente la polizia e l'autorità, da quando esistono, non hanno funzionato che a vantaggio del forte, di cui hanno potenziato i mezzi di usurpazione. La proprietà assoluta e incoercibile si protegge da se stessa. È l'arma difensiva del cittadino, il suo scudo: mentre il lavoro è la sua spada.

Ecco perchè essa conviene a tutti: a chi è sotto tutela come a chi è maggiore; al negro come al bianco, al tardo come al precoce, all'ignorante come al saggio, all'artigiano come all'impiegato, all'operaio come all'impresario, al contadino come al borghese e al nobile. Ecco perchè la Chiesa la preferisce al salario e perchè il papato richiede a sua volta la sovranità. Tutti i vescovi, nel medioevo, furono sovrani; e tutti fino al 1789 furono proprietari; solo il Papa oggi lo è rimasto, unico superstite.

L'equilibrio della proprietà richiede ancora garanzie politiche ed economiche. Proprietà e Stato, tali sono i due poli della società. La teoria della proprietà è simmetrica a quella della discolpa per mezzo dei sacramenti dell'uomo caduto in peccato.

Le garanzie della proprietà contro se stessa sono:

1) Credito mutualistico e gratuito;

2) Imposta;

3) Depositi, ammassi e mercati (vedere il mio progetto sul Palazzo dell'Esposizione Universale);

4) Assicurazione mutua e bilancio del commercio;

5 Istruzione pubblica, universale ed eguale;

6) Associazione industriale ed agricola;

7) Organizzazione dei servizi pubblici: canali, ferrovie, irrigazioni.

Le garanzie della proprietà contro lo Stato sono:

1) Separazione e smistamento dei poteri;

2) Eguaglianza davanti la legge;

3) Giurì, giudice del fatto e del diritto;

4) Libertà di stampa;

5) Pubblico controllo;

6) Organizzazione comunale e provinciale.

Lo Stato si compone:

1° della federazione dei proprietari, raggruppati per distretti, dipartimenti e province;

2° delle associazioni industriali, piccole repubbliche operaie;

3° dei servizi pubblici (a prezzo di costo);

4° degli artigiani e dei liberi mercanti. Normalmente il numero dei lavoratori dell'industria, degli artigiani e dei mercanti è determinato da quello dei proprietari fondiari. Siccome l'intero paese deve vivere con la sua produzione; ne consegue che la produzione industriale deve essere eguale all'eccedenza delle sussistenze non consumate dai proprietari.

Vi sono eccezioni a questa regola; in Inghilterra per esempio la produzione industriale supera questa proporzione, grazie al commercio estero. Ma è una anomalia temporanea, a meno che certi popoli non siano votati ad eterna sottomissione. Inoltre esistono prodotti d'eccezione, che sono richiesti dovunque: quelli della pesca, per esempio, e quelli minerari. Ma, riferendosi all'intero globo, la proporzione è quella che ho detto: la ripartizione dei mezzi di sussistenza è il regolatore; e per conseguenza l'agricoltura è l'industria che primeggia e prepondera.

Costituendo la proprietà fondiaria, il legislatore ha voluto una cosa: che la terra non fosse nelle mani dello Stato, ciò che sarebbe un pericoloso sistema di comunismo e statalismo, ma nelle mani di tutti. La tendenza, per conseguenza, è – non ci si stanca di ripeterlo –, all'equilibrio delle proprietà, e in seguito a quello delle condizioni e delle fortune.

In questo modo, per mezzo delle regole dell'associazione industriale, che presto o tardi, con l'aiuto di una migliore legislazione, comprenderà vasti corpi d'industria, ogni lavoratore ha il potere su una porzione di capitale.

In questo modo, per la legge della divisione del lavoro e della traslazione delle imposte, tutti debbono pagare la loro parte, presso a poco eguale, delle spese pubbliche.

In questo modo, per mezzo dell'arruolamento, ogni cittadino contribuisce alla difesa nazionale; e per mezzo dell'educazione partecipa alla filosofia e alla scienza.

In questo modo, infine, mediante il diritto di libero esame e di libera discussione, ogni cittadino ha la mano su ogni idea e su ogni concezione che si possa produrre.

L'umanità procede mediante approssimazioni:

1) Approssimazione all'eguaglianza delle facoltà mediante l'educazione, la divisione del lavoro, e il libero sviluppo delle attitudini;

2) Approssimazione all'eguaglianza delle fortune, mediante, la libertà commerciale e industriale;

3) Approssimazione all'eguaglianza delle imposte;

4) Approssimazione all'eguaglianza di proprietà;

5) Approssimazione all'anarchia;

6) Approssimazione all'areligiosità o amisticismo;

7) Progresso illimitato nella scienza, nel diritto, nella libertà, nell'onore, nella giustizia.

Ciò prova che la fatalità non governa affatto la società; che la geometria e le proporzioni aritmetiche non governano per niente i suoi movimenti, come fanno per la mineralogia e per la chimica; che vi sono in essa una vita, un'anima e una libertà sfuggenti ai metri esatti e fissi che governano la materia. Il materialismo, in quanto riguarda la società, è assurdo.

Così su questa grande questione la nostra critica resta tutto sommato la stessa e le nostre conclusioni sono sempre le stesse: noi vogliamo l'eguaglianza sempre più approssimata delle condizioni e delle fortune, come vogliamo il livellamento sempre più approssimato degli obblighi. Noi respingiamo, insieme allo statalismo il comunismo in tutte le sue forme; noi vogliamo la determinazione delle funzioni pubbliche e di quelle individuali, dei servizi pubblici e dei servizi privati. Non vi è che una cosa nuova per noi nella nostra tesi: che questa stessa proprietà il cui principio contraddittorio e pericoloso sollevava la nostra disapprovazione, viene da noi oggi interamente accettata, con la sua riserva parimenti contraddittoria: dominium est jus utendi et abutendi re sua quatenus juris ratio patitur. Noi abbiamo compreso che questa opposizione di due assoluti, di cui uno solo sarebbe irremissibilmente da condannarsi, e che dovrebbero essere respinti ambedue se vigessero in direzione separata, questa opposizione è il fondamento proprio dell'economia sociale e del diritto pubblico: restando a noi il compito di governarla e di farla agire secondo le leggi della logica.

Cosa facevano gli apologisti della proprietà? Gli economisti della scuola di Say e di Malthus?

Secondo essi la proprietà era un sacramento che sussisteva solo e da solo, anteriormente e al di sopra della ragion di Stato, e indipendentemente dallo Stato, che essi deprimevano al di là di ogni misura.

Essi volevano dunque la proprietà indipendentemente dal diritto, come vogliono ancora la concorrenza indipendentemente dal diritto; la libertà di importazione e di esportazione indipendentemente dal diritto; la società industriale, la borsa, la banca, il salariato, e l'affitto indipendentemente dal diritto. Ciò vale a dire che nelle loro teorie della proprietà, della concorrenza e del credito, non contenti di professare una libertà ed una iniziativa illimitate, che anche noi vogliamo, essi fanno astrazione dagli interessi di collettività che costituiscono il diritto, non comprendendo che l'economia politica si compone di due parti fondamentali: la descrizione delle forze e dei fenomeni economici al di fuori del diritto, e il loro regolamento per mezzo del diritto.

Qualcuno oserà dire che l'equilibrio della proprietà come io l'intendo è la distruzione stessa della proprietà. Suvvia! Non vi sarà più proprietà per il fatto che l'affittuario parteciperà alla rendita ed al plusvalore: per il fatto che i diritti dei terzi che hanno effettuato costruzioni o piantagioni saranno consacrati e riconosciuti; perchè la proprietà del suolo non importerà più necessariamente quella di quanto vi è sopra e sotto; perchè il locatore, in caso di fallimento parteciperà con gli altri creditori alla ripartizione dell'attivo, senza privilegi; perchè fra detentori legittimi vi sarà eguaglianza e non gerarchia; perchè invece di vedere nella proprietà solo il godimento e la rendita, il detentore vi troverà il pegno della sua indipendenza e della sua dignità; perchè invece di essere un personaggio volgare e ridicolo, un qualsiasi sig. Prudhomme o sig. Jourdain, il proprietario sarà un cittadino degno, cosciente del suo dovere e del diritto, la sentinella avanzata della libertà contro il despotismo e la usurpazione? La proprietà, trasformata, umanizzata, e purificata dal diritto di abuso, non sarà più senza dubbio l'antico dominio quiritario: ma non per questo sarà il possesso in concessione, precario, provvisorio, gravato di canoni, tributario e sottomesso.

Ho sviluppato le considerazioni che rendono la proprietà comprensibile, razionale e legittima all'infuori delle quali essa rimane usurpatoria ed odiosa.

5. – E anche in queste condizioni essa conserva qualcosa di egoista che mi è sempre antipatico. La mia ragione aspirante all'eguaglianza, antistatalista, nemica della brutalità e dell'abuso di forza, può ammettere e appoggiare la proprietà come uno scudo e un punto di sicurezza per il debole, ma il mio sentimento non sarà mai per essa. Per quanto mi riguarda io non ho bisogno, nè per guadagnare il mio pane nè per assolvere i miei doveri civici, nè per la mia felicità, di tale concessione. Io non ho bisogno di trovarla presso gli altri per venire in aiuto alla loro debolezza e rispettare il loro diritto. Io mi sento sufficiente energia di coscienza e di intelletto per sostenere degnamente tutti i miei rapporti; e se la maggioranza dei miei concittadini mi rassomigliassero, che bisogno avremmo di questa istituzione? Dove sarebbe il pericolo della tirannia? Dove il pericolo di rovina a causa della concorrenza e del libero scambio? Dove la minaccia per il debole, per il minore di età, per il lavoratore? Dove sarebbe inoltre il bisogno d'orgoglio, di ambizione e di avarizia che si può soddisfare solo con immensi acquisti?

Una piccola casa tenuta in affitto e un giardino in usufrutto mi bastano largamente, e siccome il mio lavoro non consiste nel coltivare il suolo, la vigna o il prato, non so che farmi di un parco o di un grande patrimonio. E se fossi zappaterra o vignaiuolo mi basterebbe il possesso di tipo slavo: la quota parte che spetta a ciascun capo di famiglia in ciascun comune. Io non posso soffrire l'insolenza dell'uomo il quale, col piede su quella terra che egli detiene solo per una concessione gratuita, vi proibisce il passaggio, e vi impedisce di cogliere un fioraliso sul campo o di passare lungo il sentiero.

Quando vedo, nei dintorni di Parigi, tutti quei recinti che tolgono la vista delle campagne e il godimento del suolo al povero viandante, sento una violenta irritazione. Mi domando se la proprietà che rinchiude in questo modo ognuno a casa sua, non sia piuttosto l'espropriazione e l'espulsione della terra. Proprietà privata! Incontro a volte questa dicitura in gran caratteri all'entrata di un passaggio aperto, come una sentinella che vi proibisca di passare. Confesso che la mia dignità di uomo si riempie di disgusto. Oh! io sono rimasto su questo punto alla religione di Cristo, che raccomanda il distacco dalla terra, esorta alla modestia, alla semplicità di animo e alla povertà di cuore. Lungi il vecchio patrizio, spietato e avaro; lungi il barone insolente, il borghese avido e il duro contadino, durus arator. Questo mondo mi è odioso; non posso nè amarlo nè vederlo. Se una volta mi trovassi ad essere proprietario, farò in modo che Dio e gli uomini, i poveri soprattutto, me lo perdonino!...